어느 영국인 아편쟁이의 고백

세계문학의숲 003
Confessions of an English Opium-Eater

어느 영국인
아편쟁이의 고백

토머스 드 퀸시 지음
김석희 옮김

시공사

일러두기

1. 이 책은 영국의 작가 토머스 드 퀸시(Thomas de Quincey)의 《어느 영국인 아편쟁이의 고백(Confessions of an English Opium-Eater)》을 우리말로 옮긴 것이다.
2. 번역은 '옥스퍼드 세계 고전 시리즈'(Grevel Lindop 편집, Oxford University Press 발행, 1985년)를 대본으로 삼았고, 최신의 영어판인 '브로드 에디션'(Joel Faflak 편집, Broadview Press 발행, 2009년)과 프랑스어판(Pierre Leyris 번역, Gallimard 발행, 1990년)과 일본어판(野島秀勝 번역, 岩波書店 발행, 2007년)을 참고했다. 해설을 쓰고 역주를 다는 데에도 도움을 받았으며, 때로는 부분적으로 차용하기도 했다.
3. 이 번역서에 나오는 고유명사(인명과 지명)는, 초판에는 '줄표(―)'로 표시되어 있었으나, 개정판과 위의 참고서를 토대로 보충하여 덧붙였다.
4. 주는 지은이 주와 옮긴이 주를 구분하지 않고 별표(*)로 표시했으며, 머리에 [원주]라고 밝힌 것은 지은이 주이고 그 밖의 것은 옮긴이 주이다. 또한 지은이 주 안에서 [ ] 괄호로 묶인 부분은 옮긴이가 설명을 덧붙인 것이다.

차례

제1부 7
독자들에게
예비 고백

제2부 75
아편의 쾌락
아편의 고통으로 들어가는 말
아편의 고통

부록 169

해설 어느 영국인 낭만주의자의 일탈 187
토머스 드 퀸시 연보 205

제1부

독자들에게

점잖은 독자들이여, 내가 여러분 앞에 바치는 것은 내 생애에서 특히 주목할 만한 시기에 대한 기록이다. 내가 얻은 실제적 교훈에 따라, 나는 이 글이 단순히 흥미로운 기록에만 머물지 않고 상당히 유익하고 교훈적인 글도 되리라고 믿는다. 내가 이 글을 쓴 것도 바로 그런 소망을 품었기 때문이다. 대개는 체면을 중시하고 남을 배려하는 조심성 때문에 자신의 과오와 결점을 남들 앞에 드러내기를 꺼리지만, 그런 소망이야말로 내가 그 조심성을 버리고 기탄없이 내 잘못을 고백하는 이유일 것이다. 실제로 자신의 도덕적 타락이나 상처를 거리낌 없이 남들 눈앞에 드러내어, 시간의 흐름이나 인간의 나약함에 대한 너그러움이 그 보기 흉한 상처 위에 씌워주었을지도 모르는 "고상한 휘장"*을 벗겨버리는 사람만큼 영국인에게 혐오감을 주는 것은 없다. 따라서 우리 영국인의 고백(그러니까 법정 밖에서 이루어진 자발적인 고백)은 대부분 그들의 여자나 투기꾼이나 사기꾼에게서 나온다. 세상에서 자존심 있는 고상한 영역에 속해 있다고 여겨지는 사람들한테서 쓸데없이 자신을 비하하는 고백을 듣고 싶다면, 프랑스 문학**이나, 아니면 독일 문학 중에서도 거짓되고 불완전한 프랑스적 감성에 물든 작품***을 읽어야 한다. 나는 이 모든 것을 강하게 느끼고, 이런 경향에 대한 세간의 비난에 신경질적일 만큼 민감하기 때문에, 내 이야기를 내가 죽은 뒤에야 세상 사람들 앞에 내놓는 것이 과연 적절한지 아닌지(하기야 내가 죽으면 여러 가지 이유로 내 기록이 모두 공개될 테지만)를 놓고 몇 달 동안이나 망설였다. 하지만 이 조치를 취하는 것이 좋은 이유와 나쁜 이유를 열심히 검토한 끝에 나는 결국 그렇게 하기로 결심했다.

죄를 짓고 양심의 가책에 시달리는 사람은 자연스러운 본능에 따라 남의 이목을 피하는 법이다. 그들은 아무도 없는 곳에 혼자 있고 싶어 한다. 자신의 무덤을 고를 때에도 그들은 많은

---

*에드먼드 버크(1729~1797)의 《프랑스 혁명에 관한 성찰》(1790)에 나오는 구절. "하지만 이제 모든 것이 달라질 것입니다. 권력을 온화한 것으로 만들고, 복종을 자유로운 것으로 만들고, 인생의 온갖 색조를 조화시키고, 사적 교제를 아름답고 부드럽게 하는 감정을 온화한 동화를 통해 정치 속에 편입시키는 유쾌한 환영들은 계몽과 이성이라는 이 새로운 제국의 지배에 의해 해체될 것입니다. 인생을 가려주는 '고상한 휘장(decent drapery)'은 모두 무참하게 찢겨나갈 것입니다. 도덕적 상상력이라는 옷장에서 나온 모든 부가적 관념은, 우습고 불합리하고 낡아빠진 유행이라고 타파될 것입니다. 하지만 그 관념은, 우리 알몸의 빈한한 본성의 결점을 덮어 가리고, 그것을 우리 자신의 눈에도 훌륭해 보이는 위엄 있는 것으로 높이는 데 필요한 것으로서, 가슴이 용인하고 오성이 승인한 것입니다."
**예를 들면 장-자크 루소의 《고백록》.
***예를 들면 괴테의 《젊은 베르테르의 슬픔》.

사람이 잠들어 있는 교회 묘지를 피하기도 한다. 마치 인간이라는 대가족과 인연을 끊고, (워즈워스 씨의 감동적인 표현을 빌리면)

    홀로 참회의 쓸쓸함을
    겸허하게 표현하고*

싶어 하는 것처럼.
  전체로 보아도, 그리고 우리 모두를 위해서도 마땅히 그래야 한다. 나 개인으로서도 그런 건전한 감정을 무시하고 싶지 않고, 말이나 행동으로 그런 감정을 약화시키고 싶지도 않다. 하지만 애당초 내 자책은 죄의 고백이라고 할 정도는 아니고, 설령 그렇다 해도 그렇게 값비싼 대가를 치르고 얻은 경험의 기록에서 세상 사람들이 얻는 이익은 좀 전에 내가 언급한 감정을 해치는 것도 충분히 보상하고 남을 뿐만 아니라, 세간의 일반 규칙을 어기는 것도 정당화할 수 있다. 도덕적 결함과 정신적 고통이 반드시 죄를 의미하지는 않는다. 그것들이 그 어두운 동맹자의 그림자에 가까이 다가가느냐 아니면 거기에서 멀어지느냐 하는 것은, 죄를 짓는 자의 동기와 목적이 무엇이냐, 알려진 것이든 은밀한 것이든 정상 참작의 여지는 얼마나 되느냐, 처음부터 죄의 유혹이 강했느냐, 그 유혹에 저항하려

---

*《라일스턴의 하얀 암사슴》 제1편 176~177행. 윌리엄 워즈워스(1770~1850)는 영국의 대표적인 낭만파 시인.

는 노력과 실제로 저항하는 행위는 마지막까지 진지했느냐에 비례한다. 나 자신에 대해 말한다면, 내 인생은 대체로 철학자의 삶이었다고 단언해도 겸손의 미덕이나 진실에 어긋나지는 않을 것이다. 나는 천성적으로 지적인 인간이었다. 학동(學童) 시절부터 나는 최고의 의미에서 지적인 것을 추구했고, 거기에서 기쁨을 얻었다. 설령 아편 복용이 관능적 쾌락이고, 내가 아직 기록된 적이 없을 만큼* 아편에 탐닉했음을 고백하지 않으면 안 된다 해도, 내가 이 매혹적인 마력에 종교적 열정으로 저항한 끝에 마침내 아직 아무도 해내지 못한 일을 성취한 것—즉 나를 묶고 있던 저주스러운 쇠사슬을 거의 마지막 고리까지 풀어낼 수 있었던 것도 그에 못지않게 진실이다. 이런 극기는 종류와 정도를 불문하고 모든 방종을 상쇄하는 평형추로서 강조될 수 있다. 그렇다 해도, 내 경우에 극기가 의심할 데 없는 명백한 것이었다고 주장하지는 않겠다. 단지 고통을 누그러뜨리기 위해 아편을 복용하는 행위까지 방종으로 보느냐, 아니면 적극적인 쾌감을 얻기 위한 행위만 방종으로 보느냐에 따라 방종은 결의론(決疑論)**의 의심을 받을 수 있기 때문이다.

*〔원주〕 "아직 기록된 적이 없을 만큼"이라고 말한 것은, 그 소문이 모두 사실이라면 오늘날의 저명인사들 가운데 나보다 훨씬 많은 양의 아편을 복용해온 사람이 있기 때문이다. 〔예컨대 시인이자 평론가인 새뮤얼 테일러 콜리지(1772~1834)는 드 퀸시를 "훨씬 능가하는" 아편쟁이였다. 그가 죽은 뒤 편지와 회고록이 출판되었는데, 거기에는 드 퀸시가 오로지 "관능적 자극"을 얻기 위해 아편을 복용하고 있다는 비판적인 말이 있었다. 여기에 대해 드 퀸시는 1845년에 〈콜리지와 아편 복용〉이라는 글을 써서 반박했다—옮긴이〕
**중세 스콜라철학에서, 관습이나 교회, 성서의 율법에 비추어 도덕적 문제를 해결하려는 윤리학의 한 분야.

따라서 나는 죄를 지었다고 인정하지 않는다. 설령 인정한다 해도, 고백하겠다는 지금의 결심은 변하지 않을 것이다. 나는 이 고백을 통해 모든 계층의 아편쟁이들에게 도움을 줄 수 있다고 생각하기 때문이다. 하지만 그들은 누구인가? 독자들이여, 유감스럽게도 그들의 부류는 헤아릴 수 없이 많다. 몇 년 전에 나는 당시 영국 사회의 한 소수 계층(뛰어난 재능을 가졌거나 고귀한 신분의 남자들로 이루어진 계층) 가운데 아편쟁이라는 사실이 나에게 직간접적으로 알려져 있는 사람의 수를 계산해보고, 이것을 확신하게 되었다. 예를 들면 언변 좋고 마음 씨 좋은 윌버포스 씨, 고인이 된 칼라일 대성당의 참사회장 밀너 박사, 어스킨 경, 철학자 XXX 씨, 고인이 된 국무차관 에딩턴 씨(이 사람은 아편을 처음 복용했을 때의 느낌을 밀너 박사와 똑같은 말—"마치 쥐들이 위벽을 갉아먹고 있는 듯한 느낌이었다"—로 나에게 묘사했다),* 그리고 콜리지 씨, 그 밖에도 위에서 말한 사람들 못지않게 저명한 이들이 많지만, 그 이름을 일일이 열거하는 것은 너무 따분한 노릇일 것이다.

그런데 비교적 범위가 한정된 하나의 계층에서도 이렇게 많은 예를 찾을 수 있다면(게다가 한 사람이 알고 있는 범위로 한

---

*윌리엄 윌버포스(1759~1833): 노예제 폐지운동의 지도자. 아이작 밀너(1750~1820): 케임브리지 대학 퀸스 칼리지의 학장이기도 했다. 초대 어스킨 경 토머스(1750~1823): 대법관을 지냈는데, 그를 아편쟁이라고 생각한 것은 드 퀸시의 오해였다. 헨리 에딩턴(1757~1844): 강경한 보수파 정치가. 여기에 거론된 이름들은 1821년 《런던 매거진》에 처음 발표되었을 때에는 편집자의 손으로 모두 삭제되었지만, 1856년에 나온 개정판에서는 드 퀸시 자신이 '철학자 XXX 씨'를 빼고는 모두 복원했다.

정했는데도 그렇다), 영국 전체에서는 그에 비례하는 수의 아편쟁이가 있으리라고 생각하는 것은 자연스러운 추론이었다. 그래도 나는 이 추론의 실효성을 의심했지만, 몇 가지 사실을 알고 나서는 그 추론이 결코 틀리지 않다고 확신하게 되었다. 여기서는 그 사실들 가운데 두 가지만 언급하겠다. 첫째, 내가 최근에 우연히 소량의 아편을 구입한 런던의 약종상 세 명은 서로 멀리 떨어진 곳에서 장사를 하고 있는데, 그들은 나에게 장담하기를, '아마추어' 아편쟁이(이렇게 불러도 좋을 것이다)의 수가 요즘 들어 부쩍 늘어났다고 말했다. 습관적으로 아편을 복용하지 않을 수 없게 된 중독자와 자살하기 위해 아편을 구입하는 사람을 구별하기는 어렵고, 그래서 그들과 손님들 사이에는 날마다 말썽과 말다툼이 끊이지 않는다고 한다. 이 증언은 런던에만 한정된 것이다. 둘째(이 두 번째 사실은 독자들을 더욱 놀라게 할 것이다), 몇 년 전 내가 맨체스터를 지나가다가 몇몇 면직물업자한테 들은 바에 따르면, 직공들이 아편 복용 습관에 급속히 빠져들고 있다는 것이었다. 문제가 얼마나 심각한가 하면, 토요일 오후에는 모든 약종상의 카운터가 밤에 찾아올 단골손님들의 주문에 대비하여 미리 늘어놓은 1그레인,* 2그레인, 3그레인의 환약으로 가득 메워질 정도라고 한다. 이런 습관을 낳은 직접적인 원인은 저임금이었다. 당시 직공들은 저임금 때문에 맥주나 위스키에 탐닉할 여유가 없었다. 임

*야드파운드법에서 무게의 최소 단위. 0.0648그램.

금이 올라가면 이 습관도 저절로 사라질 거라고 생각하겠지만, 나는 아편이 주는 천상의 쾌락을 한 번 맛본 사람이 알코올처럼 조잡한 세속의 음료가 주는 즐거움으로 전락하리라고는 선뜻 믿을 수 없다. 그래서 나는 다음 시구를 당연하게 생각한다.

> 일찍이 먹어본 적이 없는 자들은 지금 먹고,
> 늘 많이 먹어본 자들은 이제 더 많이 먹어라.*

실제로 아편의 마력은 아편의 최대 적인 의료계 저술가들조차 인정하고 있다. 예를 들면 그리니치 병원의 약제사인 오시터는 《아편의 효능론》(1763년 출간)에서 미드**가 이 약물의 특성이나 부작용 등에 대해 충분히 설명하지 않은 이유를 서술할 때, 다음과 같은 애매모호한 말로(하지만 이 길로 다녀본 사람들에게는 한마디로 족하다) 자신의 생각을 표현하고 있다. "아마 미드는 이 문제가 세상에 널리 알려지기에는 너무 미묘한 성질의 것이라고 생각했을 것이다. 널리 알려지면 많은 사람들이 무분별하게 이 약물을 사용할 테고, 그러면 이 약물의 광범위한 효능을 직접 경험하는 것을 예방하는 데 필요한 두려움과 조심성이 줄어들 것이다. '아편에는 일반에 널리 알려지

---

*작가를 알 수 없는 2~3세기경의 라틴어 시 《사랑의 불면》에 나오는 "일찍이 사랑해본 적이 없는 자, 내일 사랑하라. 이미 사랑해본 자는 내일도 사랑하라"를 흉내 낸 것.
**리처드 미드(1673~1754): 성 토머스 병원의 의사. 그의 환자들 중에는 조지 1세와 아이작 뉴턴이 있었다.

면 그 사용을 습관화하여 터키인들*보다 우리가 그것을 더 많이 소비하게 만드는 특성이 많기 때문이다.' 아편의 효능을 알게 되면 전반적인 불행을 초래할 게 뻔하다"고 그는 덧붙여 말하고 있다. 나는 이 결론의 필연성에 완전히 동의하지는 않지만, 그 점에 대해서는 이 '고백'을 마무리할 때 독자들에게 내 이야기의 '교훈'을 제시하는 단계에서 언급할 기회가 있을 것이다.

---

*당시 터키는 아편 복용의 메카였고, 영국은 양질의 아편을 터키에서 수입하고 있었다.

예비 고백

이 예비 고백, 그러니까 필자가 훗날 아편을 습관적으로 복용하는 원인이 된 젊은 시절의 모험을 소개하는 것이 바람직하다고 판단한 데에는 세 가지 이유가 있다.

1. 미리 말해두지 않으면 나중에 아편 복용을 고백하는 과정에 불쾌하게 끼어들 게 분명한 의문—"이성을 가진 사람이 어떻게 그런 불행의 멍에에 복종하고, 자진해서 그렇게 비굴한 속박을 초래하고, 그런 일곱 겹의 쇠사슬로 일부러 자신을 결박할 수 있었단 말인가?"—에 대해 선수를 쳐서 만족스러운 대답을 제시하기 위해서다. 이런 의문은 어딘가에서 그럴듯하게 해결되지 않으면, 터무니없는 바보짓을 보았을 때와 마찬가지로 독자들의 마음에 분노를 불러일으켜, 어떤 경우라도 필자가 목적을 달성하는 데 필요한 독자들의 공감을 방해하기 때문이다.

2. 나중에 아편쟁이의 꿈을 가득 채운 그 소름끼치는 광경을

이해하는 데 필요한 열쇠를 제공하기 위해서다.

3. 고백의 내용과는 별도로 고백자 자신에 대한 개인적 흥미를 미리 불러일으키기 위해서다. 그러면 고백 자체도 더욱 흥미로워질 테니까. "황소 이야기밖에 할 줄 모르는"* 남자가 아편쟁이가 되면, 그 사람은(아예 꿈도 꾸지 못할 만큼 우둔한 사람이 아니라면) 황소 꿈을 꿀 것이다. 반면에 지금 독자의 면전에 있는 이 아편쟁이는 자랑스럽게 철학자를 자칭할 것이고, 따라서 그의 꿈(깨어 있든 자고 있든, 백일몽이든 밤에 꾸는 꿈이든) 속을 오가는 일련의 환상들은 철학자로서

    Humani nihil a se alienum putat
    (사람에 관한 일 가운데 나와 무관한 것은 없다)**

고 생각하는 사람에게 어울린다는 것을 독자들은 알아차릴 것이다.

내가 철학자를 자칭할 권리를 유지하기 위해 필요하다고 생각하는 조건들 중에는 '분석' 능력이 뛰어난 지성을 가지고 있을 뿐만 아니라(하지만 영국에는 몇 세대에 걸쳐 뛰어난 분석 능력을 가지고 있다고 주장할 수 있는 인물이 부족하다. 적어

---

*경외성서의 하나인 〈집회서〉 38장 25절. "쟁기를 잡고 막대기를 휘두르며 소를 모는 데 여념이 없고, 황소 이야기밖에 할 줄 모르는 농부가 어떻게 현명해질 수 있으랴?"
**고대 로마의 희극작가 테렌티우스(기원전 195∼159)의 《자학자》 1막 1장 25행.

도 내가 아는 사람들 가운데 이런 명예를 누릴 만한 후보자, 단호하게 '명석한 사상가'라고 부를 수 있는 사람은 새뮤얼 테일러 콜리지, 그리고 좀 더 좁은 사상 분야에서는 최근 명성이 자자한 데이비드 리카도*뿐이다),** 인간성의 신비와 비전을 꿰뚫어보는 내면의 눈과 직관력을 주는 '정신적' 능력도 포함되어 있기 때문이다. 이 정신적 능력은 요컨대 (시간이 시작된 이래, 이 행성에서 태어난 모든 인간들 가운데) 우리 영국 시인들의 수준이 가장 높고, 스코틀랜드 교수들***의 수준이 가장 낮다.

나는 처음에 어떻게 해서 상습적인 아편쟁이가 되었느냐는 질문을 자주 받았다. 나는 순전히 쾌락의 흥분 상태를 인위적으로 만들어내기 위해서 이 습관에 오랫동안 탐닉한 끝에, 이제부터 기록해야 할 모든 고통을 자초했다는 지인들의 견해 때문에 매우 부당한 고통을 당했다. 이것은 내 실정을 완전히 잘

---

*데이비드 리카도(1772~1823): 영국의 경제학자. 《경제학 및 과세의 원리》의 저자.
**[원주] 예외를 또 하나 덧붙여도 좋았을 것이다. 그런데 굳이 덧붙이지 않은 것은, 내가 여기서 암시하고 있는 그 저술가가 분명히 철학적 주제를 다룬 것은 젊은 시절뿐이었기 때문이다. 어른이 된 뒤에는(현재 영국 민심의 추세를 보면 그 이유를 충분히 이해하고 용납할 수 있지만) 비평과 미술에 자신의 능력을 모두 바쳤다. 하지만 이런 이유는 제쳐놓고, 나는 그를 명석한 사상가라기보다 오히려 예리한 사상가로 생각해야 할지 어떨지 의심스럽다. 게다가 그는 정규 교육을 받지 않았는데, 이것은 철학적 문제에 완전히 숙달하는 데 중대한 걸림돌이 된다. 그는 젊은 시절에 플라톤을 읽지 않았지만(이것은 그의 불운일 뿐이다), 어른이 된 뒤에 칸트를 읽지도 않았다(이것은 순전히 그의 잘못이다). [위에서 말한 '예외'는 수필가이자 문예비평가인 윌리엄 해즐릿(1778~1830)을 말한다-옮긴이]
***[원주] 이것은 현존하는 교수를 암시하는 말이 아니다. 사실 현존하는 교수들 가운데 내가 아는 교수는 한 사람뿐이다. ['한 사람'은 시인이자 비평가인 존 윌슨(1785~1854)을 말한다. 1820년에 에든버러 대학의 윤리학 교수가 되었으며, 드 퀸시의 평생 친구였다-옮긴이]

못 전달하고 있다. 내가 거의 10년 동안 아편이 주는 강렬한 쾌감을 얻기 위해 이따금 아편을 복용한 것은 사실이다. 하지만 이런 목적으로 아편을 복용하는 한, 유쾌한 감각을 회복하기 위해서는 아편에 탐닉하는 행위 사이에 긴 간격을 둘 필요가 있었기 때문에 그것이 육체적인 악영향에서 효과적으로 나를 보호해주었다. 내가 일상적으로 아편을 복용하기 시작한 것은 쾌감을 만들어내기 위해서가 아니라 지독한 통증을 누그러뜨리기 위해서였다. 스물여덟 살 때, 고통스럽기 이를 데 없는 위장병이 강력하게 나를 덮쳤다. 이 병은 10년쯤 전에 처음 경험했는데, 원래는 소년 시절의 극단적인 굶주림 때문에 생긴 것이었다. 그 후 희망과 행복에 넘치는 시절(즉 열여덟 살 때부터 스물네 살까지)에는 이 병도 잠들어 있었다. 그 후 3년 동안 이따금 재발하더니, 이제 불우한 처지에서 기분이 우울해지자 다시금 나를 맹렬히 공격하여, 아편 말고는 어떤 약도 듣지 않았다. 처음 이 병을 생기게 한 젊은 시절의 고통은 그 자체로도 흥미롭고 거기에 수반된 상황도 흥미롭기 때문에, 여기서 간단히 그 시절을 회고하려고 한다.

나는 일곱 살쯤 되었을 때 아버지를 여의고, 후견인 네 분의 보살핌을 받게 되었다. 나는 크고 작은 여러 학교에 보내졌고, 아주 일찍부터 고전에서 뛰어난 성적을 거두었다. 특히 그리스어에 대한 지식으로 두각을 나타냈는데, 열세 살 때는 그리스어를 큰 어려움 없이 쓸 수 있었고, 열다섯 살 때는 그리스어에 완전히 숙달하여 그리스어로 서정시를 썼을 뿐만 아니라 유창하게 대화를 나눌 수도 있었다. 나는 우리 시대의 학자들 가운데 나만큼 그리스어에 숙달한 사람은 이제껏 만나본 적이 없고, 내가 그런 경지에 이른 것은 날마다 신문을 읽으면서 내가 구사할 수 있는 최고의 그리스어로 번역하는 훈련을 거듭했기 때문이다. 현대적 개념과 표상과 관계에 상응하는 다양하고 복합적인 표현을 찾으려면 내 기억을 구석구석 뒤지고 창의력을 최대한 발휘할 필요가 있었기 때문에, 용어 선택과 표현법의 범위가 상당히 넓어졌다. 따분한 도덕론을 번역했다면 그런 어휘나 표현법을 구사할 필요는 없었을 것이다. 나를 가르친 한 선생님*은 어느 낯선 사람의 관심을 나에게 돌리면서 이렇게 말했다. "저 아이는 아테네 군중 앞에서도 그리스어로 유창하게 열변을 토할 수 있을 겁니다. 당신이나 내가 영국 군중에게 연설하는 것보다 저 아이의 그리스어 연설이 더 훌륭할 거요." 나에게 이런 찬사를 보낸 선생님은 학자였고, "게다가 원숙하고 훌륭한 학자"**였다. 나를 가르친 모든 개별지도교사들 가운데 내가 사랑하거나 존경한 것은 오직 그 선생님뿐이었다. 나에게는 불행히도(나중에 알았지만 이 훌륭한 지도교사도 몹시 분개했다고 한다) 그 선생님 대신 어느 돌대가리***가 나를 맡게 되었는데, 이 멍청이는 내가 자신의 무식함을 폭로할까봐

*드 퀸시가 열한 살 때(1796년) 입학한 바스의 킹 에드워드 스쿨 교장인 모건 선생을 말한다.
**셰익스피어의 《헨리 8세》 4막 2장 51행.
***윙필드의 교구 목사이자 그곳 사립학교 교장인 에드워드 스펜서를 말한다.

끊임없이 전전긍긍했다.

그다음에는 오랜 역사를 가진 큰 학교의 교장인 존경할 만한 학자*가 나를 맡아서 지도하게 되었는데, 옥스퍼드 대학 브레이스노스 칼리지의 추천으로 그 학교 교장에 임명된 이 사람은 건강하고 풍채 좋은 학자였지만, (내가 그 칼리지에서 알게 된 남자들이 대부분 그랬듯이) 거칠고 서투르고 세련되지 못했다. 그는 내가 좋아한 선생님이 보여준 이튼스쿨의 걸출함과는 비참한 대조를 이루는 것처럼 보였다. 게다가 그는 자신의 지적 능력이 얼마나 빈약하고 형편없는지를 내가 알아차리지 못하게 위장하지도 못했다. 지식이나 지적 능력에서 학생이 자신의 지도교사보다 훨씬 뛰어나고 게다가 학생 자신이 그 사실을 알고 있는 것은 별로 좋은 일이 아니다. 적어도 지식에 관한 한 이것은 나 자신에게만 국한된 문제가 아니었다. 나와 같은 1학년이었던 두 남학생도 교장 선생보다 우아한 학자는 아니었고 미의 여신들에게 제물을 바치는 데 익숙하지도 않았지만, 교장 선생보다는 그리스어 실력이 나았기 때문이다. 내가 처음 학교에 들어갔을 때 소포클레스**를 읽은 것이 생각난다. 우리의 '아르키디다스칼루스(Archididascalus)'***(교장 선생은 이렇게 불리는 것을 좋아했다)는 1학년의 박식한 삼총사인 우리가 교

---

*맨체스터 그래머스쿨 교장인 찰스 로손. 드 퀸시는 1800년부터 1802년 7월에 기숙사에서 도망쳐 나올 때까지 이 학교에 재학했다.
**소포클레스(기원전 496~406): 고대 그리스의 비극시인.
***'수석 교사'란 뜻.

실에 들어오기 전에 그날 가르칠 내용을 예습하고, 코러스* 부분에서 발견한 어려운 대목을 (이를테면) 폭파하여 제거하기 위해 사전과 문법책으로 철저한 도화선을 깔았다. 그것을 보면 우리는 언제나 우쭐했다. 우리는 교실에 들어가는 순간까지 책을 펼쳐보지도 않고, 대개는 교장의 가발 같은 물건에 대한 풍자시를 쓰는 데 열중했다.

내 급우인 두 남학생은 집안이 가난해서, 대학에 진학할 전망은 오로지 교장의 추천서에 달려 있었다. 하지만 나는 조상 대대로 내려온 세습재산이 조금 있었고, 거기에서 들어오는 수입은 대학 공부를 하기에 충분했기 때문에, 당장 대학에 보내지기를 바랐다. 나는 후견인들에게 이 문제를 진지하게 설명했지만 효과가 없었다. 후견인 네 사람 가운데 그나마 합리적이고 세상 물정에도 밝은 분은 멀리 떨어진 곳에 살았고, 나머지 세 사람 가운데 둘은 모든 권한을 네 번째 후견인에게 위임했기 때문에, 나는 이 네 번째 후견인과 교섭해야 했다. 이 후견인은 나름대로 훌륭한 분이었지만, 오만하고 완고하고 남이 자기 뜻에 반대하는 것을 참지 못했다. 나는 편지도 꽤 많이 보내고 직접 면담도 한 끝에 그 후견인에게는 기대할 게 전혀 없으며, 그 문제에 관해서는 타협조차 바랄 수 없다는 것을 깨달았다. 그가 요구한 것은 무조건 복종이었다. 그래서 나는 다른 수단을 준비했다.

*그리스 연극에서 합창대가 부르는 노래 부분.

이제 여름이 빠른 걸음으로 다가오고 있었고, 내 열일곱 번째 생일도 빠르게 다가오고 있었다. 그날이 지나면 나는 학교를 떠나겠다고 마음속으로 맹세했다. 나에게 주로 필요한 것은 돈이었기 때문에, 나는 지체 높은 어느 부인*에게 편지를 써서 5기니**만 빌려달라고 부탁했다. 그 부인도 젊었지만 나를 어릴 적부터 알고 있었고, 최근에는 나를 각별히 친절하게 대해 주었다. 그런데 일주일이 지나도 아무 응답이 없었다. 내가 낙심하기 시작했을 때, 마침내 한 하인이 봉인에 작은 화관이 찍혀 있고 둘로 접은 편지 한 통을 내 손에 쥐어주었다. 편지는 친절하고 상냥했다. 편지를 쓴 부인은 해변에 가 있었고, 그래서 답장이 늦어진 것이었다. 부인은 내가 부탁한 금액의 두 배를 편지에 동봉했는데, 내가 돈을 갚지 않아도 그것 때문에 자기가 파산하지는 않을 거라고 너그럽게 암시했다. 이제 나는 계획을 실행에 옮길 준비가 되었다. 10기니에 내 용돈에서 남은 2기니를 보태면, 확실한 기간은 말할 수 없지만 얼마 동안은 그럭저럭 생활할 수 있을 것 같았다. 그 행복한 나이에 자신의 힘에 명확한 한계를 설정할 수 없다면, 희망과 기쁨에 들뜬 나머지 그 힘은 사실상 무한해진다.

어떤 일(즉 우리가 오랫동안 습관적으로 해온 일)도 이번이 마지막이라는 것을 의식하고 하면 슬픔에 잠기지 않을 수 없

---

*수전 카베리 부인을 말한다. 드 퀸시 일가의 친구였다.
**영국에서 1663년에 처음 주조하여 1813년까지 발행한 금화.

다는 존슨 박사*의 말은 지당하다(그리고 매우 감동적인 말이다. 존슨 박사의 말 가운데 감동적이라고 평할 수 있는 말은 별로 없지만). 나는 좋아하지도 않았고 행복하지도 않았던 곳(맨체스터 그래머스쿨)을 떠날 때 이 말의 진실을 통절히 느꼈다. 그곳을 영원히 떠나기 전날 밤, 나는 천장이 높고 고색창연한 교실에 저녁 예배 소리가 울려 퍼지는 것을 마지막으로 들었을 때 깊은 슬픔에 잠겼다. 야간 점호 시간이 되자 내 이름이 (여느 때처럼) 맨 먼저 불렸다. 나는 앞으로 나가서 옆에 서 있는 교장을 지나치며 그에게 절을 하고, 교장의 얼굴을 진지하게 바라보면서 속으로 생각했다. "교장은 늙고 허약해. 이 세상에서 다시는 보지 못할 거야." 내 생각이 옳았다. 나는 두 번 다시 교장을 보지 못했고, 앞으로도 영영 보지 못할 것이다. 교장은 흡족한 얼굴로 나를 바라보고 온화한 미소를 지으며 내 인사(아니, 고별)에 답례했다. 그리고 우리는 영원히 헤어졌다(교장은 그 사실을 몰랐겠지만). 나는 지적으로는 교장을 존경할 수 없었지만, 교장은 한결같이 나한테 친절했고, 내가 아무리 제멋대로 굴어도 너그럽게 봐주었다. 내가 말없이 떠난 것을 알면 교장이 얼마나 섭섭하고 원통할까를 생각하자 몹시 슬펐다.

    내가 세상에 첫발을 내디딜 아침이 왔다. 그 후의 내 인생은 많은 점에서 그날 아침의 색조로 물들었다. 나는 교장네 집

---

*새뮤얼 테일러 존슨(1709~1784): 18세기 후반 영국 문단의 중진이며 비평가. 드 퀸시가 언급한 말은 잡지 《아이들러》(103호)에 실린 존슨의 에세이 〈최후의 공포〉의 한 구절이다.

에서 하숙을 했는데, 처음 입학했을 때부터 교장은 너그럽게도 나에게 독방을 내주어 침실 겸 공부방으로 쓰게 했다. 나는 새벽 3시 반에 일어나 이른 새벽빛에 물든 성 마리아 교회*의 오래된 종탑이 구름 한 점 없는 7월 아침의 찬란한 광채로 진홍빛을 띠기 시작하는 것을 바라보며 깊은 감동에 잠겼다. 내 결심은 확고했지만, 불확실한 위험과 난관을 생각하면 마음이 흔들렸다. 나에게 곧 닥쳐온 고통의 태풍과 눈보라를 미리 내다볼 수 있었다면, 내가 동요한 것도 무리는 아니었을 것이다. 이 감정의 흔들림과는 대조적으로 아침의 깊은 평화는 감동적이었고, 어느 정도는 불안한 마음을 달래주는 치료제였다. 아침은 한밤중보다 더 조용했고, 여름날 아침의 고요는 다른 어떤 고요보다도 나를 감동시킨다. 여름철의 아침 햇살은 다른 계절의 대낮보다 환하고 강렬하지만, 완전한 낮과는 달라 보이기 때문인데, 그것은 주로 사람이 아직 집 밖에 나와 있지 않기 때문이다. 그래서 신이 창조한 순진무구한 피조물들과 자연의 평화는 불안과 혼란에 사로잡힌 인간이 밖에 나와서 평화의 신성함을 어지럽히지 않을 때에만 안전하고 심오한 것 같다.

    나는 옷을 입고 모자와 장갑을 손에 든 채, 잠시 방에서 꾸물거렸다. 지난 1년 반 동안 이 방은 나의 "사색의 성채"**였다. 여기서 나는 밤새 책을 읽고 공부를 했다. 이 시기의 후반에는 사랑과 우아한 감정에 어울리는 성질을 타고난 내가 후견인들

---

*15세기에 건립된 맨체스터의 교회.
**워즈워스의 14행시 〈수녀들은 초조해하지 않는다〉의 제3행.

과 반목하고 다투면서 쾌활함과 행복을 잃은 것은 사실이지만, 또 한편으로 책을 애독하고 지적 탐구에 헌신적인 소년이었던 나는 전반적으로 우울한 상태에 빠져 있으면서도 행복한 시간을 많이 누릴 수 있었다. 나는 의자와 벽난로, 책상, 그 밖의 정든 물건들을 둘러보며 눈물을 흘렸다. 그것들을 보는 것도 이게 마지막이라는 것을 확실히 알았기 때문이다. 이 글을 쓰고 있는 지금으로부터 18년 전의 일이지만, 지금 이 순간에도 내가 작별의 눈길을 보냈던 물건의 형태와 표정이 마치 어제의 일처럼 눈에 선하다. 그 물건은 벽난로 위에 걸려 있던 아름다운 XXX의 초상화*였는데, 초상의 눈과 입은 너무나 아름답고 안색은 자애로움과 신성한 평온함으로 환하게 빛나고 있어서, 나는 독실한 신자가 자신의 수호성인에게서 위안을 얻듯이 그 초상에서 위안을 얻기 위해 내 펜이나 책을 수천 번이나 내려놓곤 했었다. 내가 그 초상화를 쳐다보고 있는 동안, 맨체스터 시의 시계가 굵고 낮은 소리로 4시를 알렸다. 나는 초상화로 달려가서 입을 맞춘 다음, 조용히 밖으로 나와서 영원히 문을 닫았다!

———◆◆◆———

이 생에서는 웃음과 눈물을 자아내는 일들이 한데 뒤섞여

*맨체스터 그래머스쿨 및 옥스퍼드 대학 브레이스노스 칼리지의 후원자였다고 전해지는 여성을 그린 반다이크의 초상화 복제.

있어서, 그때 일어난 사건을 생각하면 지금도 쓴웃음을 짓지 않을 수 없다. 그 사건으로 말미암아 하마터면 내 계획을 실행에 옮기는 것이 중단될 뻔했다. 나는 옷만이 아니라 책도 거의 다 집어넣었기 때문에 트렁크가 엄청나게 무거웠다. 이 무거운 트렁크를 운송점까지 가져가는 것은 여간 어려운 일이 아니었다. 내 방은 높은 공중에 있었고, 게다가 건물의 이 구석으로 이어진 계단은 교장 선생의 침실 문 앞을 지나는 복도를 통해서만 도달할 수 있었다. 그 집 하인들은 모두 나를 좋아했기 때문에, 누구라도 나를 감싸주고 은밀히 행동할 게 분명했다. 나는 그것을 알고, 교장의 마부에게 내 고민을 털어놓았다. 마부는 내가 원하는 일이라면 무엇이든 하겠다고 맹세했고, 떠날 시간이 되자 트렁크를 아래로 나르려고 위층으로 올라왔다. 나는 아무리 힘센 사람도 이 트렁크는 들지 못할 거라고 걱정했지만, 마부는

> 아틀라스 같은 어깨를 가지고 있어서
> 가장 강력한 왕국들의 무게도 견딜 수 있는*

남자였다. 게다가 그의 등은 솔즈베리 평원**만큼이나 넓었다. 따라서 그는 혼자 트렁크를 아래로 가져가겠다고 고집을 부렸고, 그동안 나는 계단 발치에 서서 무슨 일이 일어나지 않을

*밀턴의 《실낙원》 제2권 306~307행.
**유명한 스톤헨지가 있는 윌트셔의 평원.

까 하고 불안한 마음으로 기다렸다. 그가 굳건한 걸음으로 천천히 계단을 내려오는 소리가 한동안 들려왔다. 하지만 복도를 몇 걸음 앞두고 위험한 구간이 가까워지자 겁을 먹었는지, 그는 불행하게도 발이 미끄러졌다. 무거운 트렁크는 어깨에서 떨어졌고, 계단을 한 단씩 굴러 내려올 때마다 반동력이 점점 강해졌기 때문에, 바닥에 이르자 굴렀다기보다는 펄쩍 뛰어올라 '아르키디다스칼루스'의 침실 문에 부딪히면서 스무 마리의 악마가 고함치는 듯한 소리를 냈다.

   그 순간 내 머리에 처음 떠오른 생각은 만사 끝장이라는 것, 그리고 여기서 달아나려면 짐을 포기할 수밖에 없다는 것이었다. 하지만 깊이 생각한 끝에 나는 결과를 받아들이기로 결정했다. 마부는 자신과 나를 걱정하여 극도의 불안과 공포에 사로잡혔지만, 그럼에도 불구하고 이 불행한 '불의의 사고(contretemps)'가 못 견디게 우스워져서 "일곱 명의 잠자는 젊은이들"*도 깨울 수 있을 만큼 큰 소리로 한참 동안 웃어댔다. 권위를 모욕당한 교장이 충분히 들을 수 있는 거리에서 유쾌한 웃음소리가 낭랑하게 울려 퍼지자, 나도 함께 웃지 않을 수 없었다. 내가 웃음을 참지 못한 것은 트렁크를 떨어뜨리는 불운한 실수 때문이라기보다, 그 실수가 마부에게 미친 영향 때문이었다. 우리는 당연히 교장이 방에서 뛰쳐나올 거라고 생각했다. 대개는 생쥐 한 마리 바스락거리는 소리만 내도 교장은 개

---

*로마 황제 데키우스의 박해를 피해 산중에 틀어박혀 300년 동안 잠들어 있었다는 전설이 남아 있는 일곱 명의 초기 기독교도.

집에서 뛰쳐나오는 마스티프처럼 방에서 뛰쳐나왔기 때문이다. 하지만 묘하게도 이번 경우에는 웃음소리가 그친 뒤에도 침실 안에서는 아무 소리도 나지 않았고, 부스럭거리는 소리조차 들리지 않았다. 교장은 고통스러운 질병을 앓고 있어서, 때로는 좀처럼 잠을 이루지 못하지만, 일단 잠이 들면 남보다 훨씬 깊은 잠에 빠지곤 했다. 침실이 조용하자 용기를 얻은 마부는 다시 트렁크를 들어 올렸고, 나머지 계단을 무사히 내려가는 데 성공했다. 나는 트렁크가 외바퀴 손수레에 실려 운송점으로 떠날 때까지 기다렸다. 그런 다음 "신의 섭리를 안내자로 삼아"* 몇 가지 옷이 든 작은 꾸러미를 겨드랑이에 끼고, 걸어서 출발했다. 한쪽 주머니에는 내가 좋아하는 영국 시인**의 시집이 들어 있었고, 다른 주머니에는 에우리피데스***의 희곡이 아홉 편 실려 있는 작은 12절판 책이 들어 있었다.

원래는 웨스트몰랜드****로 갈 작정이었다. 내가 그 지방에 애정을 품고 있기 때문이기도 했지만, 다른 개인적인 이유도 있었다. 하지만 우연한 사건으로 내 방랑 여행의 방향이 바뀌었고, 나는 노스웨일스 쪽으로 발길을 돌렸다.

나는 덴비셔, 메리오네스셔, 카나번셔*****를 돌아다닌 뒤,

---

*밀턴의 《실낙원》 마지막 권의 결말 부분.
**워즈워스를 가리킨다.
***에우리피데스(기원전 484?~406?): 고대 그리스의 비극시인.
****잉글랜드 북서부 레이크 지방에 있는 카운티.
*****셋 다 웨일스 북부 및 북서부의 옛 주 이름.

뱅거*에서 깨끗하고 아담한 집에 하숙을 정했다. 여기서 나는 몇 주 동안 편안하게 지낼 수도 있었을 것이다. 뱅거는 넓은 농경지에서 생산된 잉여 농산물을 팔 수 있는 다른 시장이 없어서, 식량이 값싸게 공급되었기 때문이다. 그런데 아마 악의는 없었겠지만 어떤 사건이 일어나는 바람에 나는 다시 방랑길로 내몰리고 말았다. 독자들이 알아차렸는지는 모르지만, 영국에서 가장 거만한 부류에 속하는 사람들(어쨌든 거만함이 가장 명백히 드러나는 계층)은 주교 가족이다. 귀족과 그 자녀들의 경우에는 칭호 자체가 고귀한 신분을 충분히 알려준다. 아니, 그들의 이름 자체(이것은 작위가 없는 많은 집안의 아이들에게도 적용된다)가 영국인의 귀에는 고귀한 혈통이나 가문을 충분히 알려주는 경우도 많다. 색빌, 매너스, 피츠로이, 폴렛, 캐번디시, 그 밖에 수십 가지의 이름은 신분을 저절로 드러낸다. 따라서 그런 사람들은 그들의 권리 주장을 당연시하는 의식이 어디서나 이미 확립되어 있는 것을 발견한다. 예외가 있다면 자신의 미천한 신분 때문에 세상 물정을 모르는 사람뿐이다. "'그들'을 알지 못하는 것은 그 자신이 세상에 알려져 있지 않다는 것을 증명한다."* 그들의 태도는 신분에 어울리는 품위와 색조를 띠고, 일단 자기가 중요한 인물이라는 인상을 남에게 줄 필요가 있을 때는 오히려 점잖게 자신을 낮추어 생색내는 듯한 행동으로 기회 있을 때마다 그 인상을 누그러뜨리고 완화하려

---

*웨일스 북서부에 있는 귀네드 주의 대학도시.
**밀턴의 《실낙원》 제4권 830행.

고 애쓴다.

그런데 주교의 가족은 다르다. 그들의 경우, 권리 주장을 세상에 알리는 것은 줄곧 비탈을 오르는 것처럼 힘든 일이다. 귀족 출신으로 주교 자리에 앉은 사람의 비율은 어느 시대에나 별로 높지 않고, 고위 성직자는 너무 빨리 바뀌기 때문에, 그들의 이름이 문학적 평판과 결부되는 경우가 아니면 대중은 그들의 이름에 친숙해질 시간도 거의 없을 정도다. 그래서 주교의 자녀들은 근엄하고 냉담한 태도를 보이게 된다. 그들의 권리 주장이 일반적으로 인정받지 못했다는 것을 나타내는 이런 태도는 지나치게 친밀한 접근을 신경질적으로 두려워하고, 예민한 통풍 환자처럼 '서민($οι\ πολλοι$)'과의 모든 접촉을 피해 몸을 사리는 태도, 일종의 "나를 만지지 말라(noli me tangere)"*는 태도다. 강한 지적 능력이나 보기 드물게 선량한 천성을 타고난 사람은 그런 결점을 면할 게 분명하지만, 일반적으로는 내 주장이 사실로 인정될 것이다. 자만심은 그런 집안에 더 깊이 뿌리박혀 있지 않으면, 어쨌든 태도의 표면에 더 뚜렷이 드러나는 법이다. 그리고 이 거만한 태도는 자연히 그들의 하인이나 그들에게 기대어 살고 있는 사람들에게도 전염된다.

내 하숙집 여주인은 뱅거 주교**의 집에서 하녀로 일하다가 최근에 결혼하여 (그런 사람들의 표현을 빌리면) 평생 "자리를

---

*신약성서 〈요한복음〉 20장 17절. 부활하여 승천하려던 예수 그리스도가 막달라 마리아에게 한 말.
**글리버 박사. 옥스퍼드 대학 브레이스노스 칼리지의 학장을 지냈다.

잡았다." 뱅거 같은 작은 도시에서는 단지 주교 집에서 살았다는 것만으로도 상당한 명성을 얻는다. 그런 이유로 내 하숙집 여주인은 신분에 어울리지 않게 강한 자부심을 갖고 있었는데, '우리 주인님'이 이런 말씀을 하셨다, '우리 주인님'이 이런 일을 하셨다, 의회에서 '우리 주인님'이 얼마나 유익한 일을 하셨는지 모른다, 옥스퍼드에서 '우리 주인님'이 얼마나 중요한 인물인지 모른다는 따위의 이야기가 날마다 하숙집 여주인의 입에서 나오는 말의 요지를 이루었다. 나는 이 모든 것을 아주 잘 견뎌냈다. 나는 워낙 착한 기질을 타고나서 남의 면전에 대고 웃지 못했고, 늙은 하녀의 수다를 너그럽게 봐줄 수도 있었기 때문이다. 그런데 당연한 일이지만, 하숙집 여주인의 눈에는 내가 주교의 중요성에 별로 인상을 받지 않은 것처럼 보인 모양이다. 어느 날 그녀는 아마도 내 무관심에 벌을 주기 위해(아니면 우연히 그런 것인지도 모르지만), 나와 간접적으로 관련된 대화를 나에게 옮겼다. 그녀는 주교 가족에게 경의를 표하기 위해 주교관에 갔다가, 식사가 끝나자 식당으로 불려갔다. 살림살이 이야기를 하다가 그녀는 문득 방을 세주었다고 말했다. 그러자 선량한 주교는 하숙인을 선택할 때는 거듭 주의해야 한다면서 다음과 같이 충고했다(아니, 충고한 모양이다).

"이곳이 홀리헤드*로 가는 간선도로 연변이라는 걸 잊으면 안 돼요, 베티. 그래서 빚쟁이를 피해 영국으로 도망치고 있는

---

*웨일스 북서부, 앵글시 섬 서쪽에 있는 도시. 여기서 아일랜드와 맨 섬으로 가는 배가 떠난다.

아일랜드 사기꾼과 맨 섬으로 달아나고 있는 영국 사기꾼의 상당수가 도중에 이곳을 지날 가능성이 커요."

이 충고는 확실히 터무니없진 않았지만, 나한테 일부러 알려주기보다는 베티 부인이 마음속에 담아두고 혼자서 심사숙고하기에 더 어울리는 것이었다. 하지만 그다음에 이어진 말은 더 나빴다.

"오, 주교님." 내 하숙집 여주인이 대답했다(그녀가 나한테 한 말을 그대로 옮기면). "저는 정말이지 그 젊은 신사가 사기꾼이라고는 생각지 않습니다. 왜냐하면……."

"내가 사기꾼이라고는 '생각'지 않는다고요?" 나는 화가 나서 베티 부인의 말을 가로막았다. "그렇다면 앞으로 그 문제에 대해 생각하는 수고를 덜어드리죠."

그러고는 당장 떠날 준비를 했다. 그 선량한 여자는 양보할 마음이 난 것 같았지만, 내가 그 박식한 고위 성직자에 대해 불쾌하고 모욕적인 표현을 쓴 것이 이번에는 베티 부인의 비위를 건드렸다. 이제 화해는 불가능해졌다. 나는 주교가 아무리 우회적이라 해도 이제껏 본 적도 없는 사람을 의심할 근거를 제시한 데 대해 정말로 몹시 화가 났고, 내 기분을 그에게 그리스어로 알려주기로 마음먹었다. 그러면 내가 결코 사기꾼이 아닐 거라고 추정할 근거를 상대에게 주는 동시에 주교도 역시 그리스어로 대답하지 않을 수 없을 거라고 기대했던 것이다. 그럴 경우, 내가 주교만큼 부유하지는 않더라도 그리스어 실력은 주교보다 훨씬 뛰어나다는 사실이 드러나게 될 거라고 믿어 의심치 않았다. 하지만 좀 더 차분하게 생각한 끝에 나는 이 어린애 같은 계획을 마음에서 몰아냈다. 주교는 과거의 하녀에게 조언할 권리가 있을 뿐 아니라, 자신의 충고가 나한테 알려지도록 계획을 꾸몄을 리는 없고, 애당초 그 충고를 나에게 전한 베티 부인의 천박한 마음이라면 훌륭한 주교의 실제 표현보다 부인 자신의 사고방식에 더 어울리도록 주교의 충고를 왜곡했을지도 모른다는 생각이 들었기 때문이다.

  나는 당장 하숙집에서 나왔다. 결과적으로 이것은 나에게 매우 불운한 사건이 되었다. 그때부터 여관에 살면서 돈을 빠르게 써버렸기 때문이다. 2주 만에 용돈이 부족해져서 하루에 한 끼밖에는 먹을 수 없게 되었다. 끊임없는 운동과 산악지방의 공기가 젊은 위장에 영향을 미쳐서 식욕이 왕성해졌기 때문에, 이 빈약한 식사는 곧 나를 괴롭히기 시작했다. 하루 한 끼밖에 먹지 못하는데도 그때 내가 감히 주문할 수 있는 음식은 커피나 차뿐이었기 때문이다. 하지만 결국에는 이것조차 마실 수 없게 되었다. 그 후 나는 웨일스를 떠날 때까지 블랙베리나 들장미 열매나 산사나무 열매 따위로 연명하거나, 이따금 사소한 봉사를 할 기회가 생기면 그 대가로 음식을 대접받으며 살았다. 때로는 리버풀이나 런던에 친척이 있는 시골 사람들을 위해 편지를 써주기도 하고, 젊은 여자들을 대신하여 잉글랜드와 스코틀랜드의 경계지방에 있는 슈루즈베리*를 비롯한 여러

---

*잉글랜드 중서부에 있는 샐럽 주의 주도.

도시에서 하인으로 일하는 애인에게 연애편지를 써줄 때도 많았다. 그럴 때면 신분이 낮은 친구들이 내가 써준 편지에 크게 만족했고, 그 보답으로 대개는 맛있는 음식을 대접해주었다.

한번은 메리오네스셔의 외딴 지역에 있는 을란-이-스틴두(어쨌든 그와 비슷한 이름)라는 마을 근처에서 사흘 동안이나 젊은이들로 이루어진 일가족의 환대를 받았는데, 따뜻하고 우애에 넘치는 그들의 친절이 내 마음에 남긴 인상은 아직도 손상되지 않고 고스란히 간직되어 있다. 그 가족은 당시 모두 성장한 네 자매와 세 형제로 이루어져 있었고, 모두 우아하고 고상한 태도가 유난히 눈에 띄었다. 시골의 작은 집에서 그런 아름다움, 그렇게 훌륭한 교양과 세련된 우아함을 타고난 사람을 본 적이 있던가. 나는 웨스트몰랜드와 데번셔에서 한두 번 보았을 뿐, 그 전에도 후에도 본 기억이 나지 않는다. 그들은 웨일스 사람인데도 영어를 사용했다. 이것은 간선도로에서 그렇게 멀리 떨어진 마을에 사는 일가족한테서는 좀처럼 보기 드문 일이다. 이곳에서 나는 가족에게 소개되자마자 영국 군함에 탄 적이 있는 형제 가운데 한 사람을 위해 포획 상금* 문제로 편지 한 통을 써주었고, 네 자매 가운데 두 사람을 위해 좀 더 은밀한 연애편지 두 통을 써주었다. 그들은 둘 다 관심을 끄는 생김새였고, 그중 한 명은 보기 드물게 사랑스러운 소녀였다. 그들은 편지를 구술하면서, 아니 구술한다기보다 나한테 막연한

---

*당시, 아니 제1차 세계대전 때까지 영국 군함 승무원들은 각자 포획한 적선의 가치에 상당하는 금액을 받을 수 있었다.

지시를 내리면서 당황하여 어찌할 바를 모르고 얼굴을 붉혔다. 그것을 보면, 그들이 원하는 편지가 어떤 것인지를 알아내는 데 그리 대단한 통찰력이 필요하지는 않았다. 그들은 자기네 편지가 반듯하게 자란 처녀의 자존심과 모순되지 않는 범위 안에서 최대한 친절하기를 바랐다. 나는 두 가지 감정을 조화시킬 수 있도록 내 표현을 조율하려고 애썼다. 두 자매는 내가 그들의 생각을 표현한 방식에 만족한 만큼, 내가 그들의 생각을 그토록 쉽사리 알아낸 데 놀랐다(얼마나 단순하고 순진한 여자들인가). 어떤 가족의 대접을 받을 경우, 여자들한테 받는 환대가 대개 그 집에서 받는 대접의 전체 방향을 결정짓는 법이다. 이 경우, 나는 비서로서 은밀한 의무를 대체로 만족스럽게 수행했을 뿐만 아니라 내 사교적인 화술도 그들을 즐겁게 해주었는지, 그들은 자기 집에 머물러달라고 진심으로 권해주었다. 물론 나는 그 권유에 저항하고 싶은 마음이 없었다. 빈 침대는 젊은 여자들 방에 있는 것뿐이었기 때문에, 나는 그 집의 남자 형제들과 한 침대에서 잠을 잤다. 하지만 그 밖에는 모든 점에서 나를 극진히 대해주었다. 그들은 내 학식이 내가 '양갓집 혈통'이라는 충분한 증거라도 되는 양 나에게 경의를 표했다. 나처럼 지갑이 가벼운 사람이 그런 정중한 대우를 받는 경우는 드물었다. 그래서 나는 사흘 하고도 나흘째 되는 날의 대부분을 그들과 함께 지냈다. 그들이 나에게 보여준 친절은 처음부터 끝까지 한결같았기 때문에, 그들이 원하는 대로 할 수 있는 능력이 있었다면 나는 지금까지도 그들과 함께 지내고 있었을

지 모른다.

하지만 마지막 날 아침 식탁에 앉았을 때, 나는 무언가 하기 어려운 말을 어쩔 수 없이 해야 할 때의 곤혹스러운 표정이 그들의 얼굴에 떠올라 있는 것을 알아차렸다. 그 직후, 형제들 가운데 하나가 나한테 설명했다. 그들의 부모는 내가 도착하기 전날 카나번에서 열린 감리교 신자들의 연례집회에 참석하러 갔는데, 그날 돌아올 예정이라는 것이었다. "우리 부모님이 예의에 어긋나는 말이나 행동을 하시더라도……" 언짢게 여기지 말아달라고 그는 형제자매들을 대표하여 나에게 부탁했다. 부모는 막돼먹은 촌뜨기 같은 얼굴로 돌아왔다. 내가 뭐라고 말을 걸어도 "딤 사세나치"(영어 몰라)라고 대답할 뿐이었다. 나는 어떤 사정인지를 알아차렸다. 그래서 친절하고 재미있는 젊은이들에게 다정하게 작별인사를 하고 그 집을 떠났다. 그들은 나를 위하여 열심히 부모를 설득해주었고, 늙은 부모의 불친절한 태도는 "평소의 버릇일 뿐"이라고 계속 나한테 변명했지만, 근엄한 웨일스의 감리교 신자인 60대 노부부에게는 연애편지를 쓰는 내 재능이 그리스어로 시를 쓸 수 있는 내 학식과 마찬가지로 별로 매력이 없으리라는 것을 나는 쉽게 깨달을 수 있었기 때문이다. 그리고 젊은 친구들이 친절하고 정중한 태도로 나에게 음식을 제공했을 때는 환대지만, 그것이 두 노인의 거친 태도와 결부되면 자선행위가 되리라는 것도 알아차렸다. 확실히 노년에 대한 셸리* 씨의 말은 옳다. 노년이란 정반대 방향으로 작용하는 온갖 종류의 힘으로 강력하게 중화되지 않으면,

인간의 마음이 지니고 있는 온화한 자비심을 비참하게 부패시키고 시들게 한다.

  이 일이 일어난 직후, 나는 용케 런던으로 거처를 옮겼다. 어떻게 옮겼는지는 지면에 여유가 없어서 생략할 수밖에 없다. 그리고 내 기나긴 고통의 후반부가 시작되었다. 그것은 내 고통이 더욱 격렬해진 단계라고 말해도 지나치게 과장된 표현은 아니라고 말할 수 있다. 이제 나는 16주가 넘도록 굶주림의 고통에 시달렸기 때문이다. 고통의 강도는 다양했지만, 아마 사람이 죽지 않고 견뎌낼 수 있었던 가장 혹독한 고통이었을 것이다. 나는 내가 견뎌낸 그 모든 고통을 상세히 설명하여 독자들의 마음을 쓸데없이 괴롭히고 싶지는 않다. 그런 극단적인 고통은 설령 그것이 중대한 불법행위나 죄의 대가라 해도 안쓰러운 연민을 불러일으킬 수밖에 없고, 글이나 말로 묘사된 고통조차도 천성적으로 선량한 사람에게는 아픔을 주기 때문이다. 어쨌든 이 경우 나는 한 사람(그는 내가 병자일 거라고 생각했지만, 정말로 무일푼인 줄은 몰랐다)의 아침식탁에서 나온 빵 조각 몇 개를 그나마 일정하지 않은 간격으로 먹으면서 간신히 목숨을 부지했다고만 말해두자. 내 고통의 전반부(그러니까 웨일스에서는 대체로, 그리고 런던에 온 뒤 처음 두 달 동안은 항상)에 나는 집이 없어서, 지붕 밑에서 잠을 자는 일은 아주 드물었다. 내가 고문과도 같은 고통을 겪으면서도 쓰러지지

---

*퍼시 비시 셸리(1792~1822): 영국의 낭만파 시인. 그의 '노년에 관한 생각'은 《이슬람의 반역》에 나온다.

않은 것은 이렇게 바깥 공기에 끊임없이 노출된 덕분이라고 생각한다. 하지만 마침내 더 춥고 혹독한 계절이 다가오고, 오랫동안 겪은 고통 때문에 몸이 점점 쇠약해지기 시작했을 때, 아침식탁에서 빵 조각을 나한테 남겨준 바로 그 사람이 자기가 살고 있는 커다란 빈집에서 잠을 자도록 허락해준 것은 나에게 행운이었던 게 분명하다. 내가 그 집을 빈집이라고 말한 것은, 그곳에는 한 세대의 가족도, 사무소 하나도 없었기 때문이다. 사실 탁자 한 개와 의자 몇 개를 제하고는 가구도 전혀 없었다.

하지만 나는 새 숙소에 자리를 잡자마자, 그 집에 이미 한 사람이 살고 있다는 것을 알았다. 그것은 의지가지없는 가엾은 여자아이였다. 열 살쯤 되어 보였는데, 굶주림에 시달린 것 같았다. 그런 고통은 아이들을 실제보다 더 나이 들어 보이게 할 때가 많다. 내가 오기 얼마 전부터 그 집에서 혼자 지내고 있었던 그 불쌍한 아이는, 앞으로는 캄캄한 밤중에 내가 줄곧 함께 있어 주리라는 것을 알고는 무척 기뻐했다. 그 집은 넓었고 가재도구가 없어서, 쥐들이 내는 소음이 널찍한 계단과 홀에 엄청나게 큰 소리로 메아리쳤다. 추위와 굶주림이 주는 육체적 고통 속에서도 이 외로운 아이는 스스로 만들어낸 유령 때문에 훨씬 더 괴로워할 여유를 찾았다(아니, 그런 것처럼 보였다). 나는 모든 유령으로부터 보호해주겠다고 약속했지만, 안타깝게도 다른 것은 도와줄 수 없다고 말했다. 우리는 지긋지긋한 법률 서류 뭉치를 베개 대신 베고 마룻바닥에 누웠지만, 이불 대신 덮을 것이라고는 커다란 승마용 망토뿐이었다. 하지만 나중에 우리는 다락방에서 낡은 소파 커버와 작은 깔개, 그리고 우리를 조금은 따뜻하게 해줄 몇 가지 물건을 발견했다.

가엾은 아이는 온기를 찾아, 그리고 악마로부터 보호받기 위해 나한테 슬며시 다가왔다. 나는 몸 상태가 여느 때보다 나쁘지 않으면 아이를 품에 안아주었다. 그래서 아이는 대체로 따뜻하게 지냈고, 내가 잠을 이루지 못할 때에도 아이는 잘 자곤 했다. 나는 고통에 시달린 마지막 두 달 동안 낮에 잠을 많이 잤고, 온종일 잠깐씩 잠에 빠져드는 경향이 있었기 때문에, 밤중에 잠을 이루지 못할 때가 많았다. 하지만 나는 깨어 있을 때보다 잠을 잘 때가 더 괴로웠다. 꿈(이 꿈은 아편이 낳은 꿈—여기에 대해서는 나중에 묘사하겠다—만큼 무시무시하지는 않았지만)이 너무 혼란스럽고 어수선할 뿐만 아니라, 내 잠은 이른바 선잠이라고 불리는 것이었기 때문이다. 그래서 잠을 자면서도 내 신음소리를 들을 수 있었고, 내 목소리에 갑자기 잠이 깰 때도 많았다. 그리고 이때쯤에는 잠이 들자마자 끔찍한 감각이 나를 괴롭히기 시작했다. 그 후에도 내 인생의 여러 시기에 되풀이 나타난 이 감각은 일종의 경련이었고(경련이 일어나는 부위는 알 수 없지만, 위 근방인 것은 분명하다), 나는 고통을 덜기 위해 두 발을 격렬하게 버둥거려야 했다. 이 감각은 내가 잠들자마자 나타났고, 그것을 누그러뜨리려고 발버둥치면 잠이 달아나버렸다. 이렇게 자다 깨다를 끊임없이 되풀이하다가 결국 기진맥진해야만 겨우 잠이 들었다. 그리고 (앞에서도 말했듯이) 나는 점점 쇠약해지고 있어서, 끊임없이 잠들었다가 끊임없이 깨어나기를 반복했다.

그동안 집주인은 예고도 없이 불쑥 나타나곤 했는데, 때로는 이른 아침에 오기도 하고, 때로는 아침 10시가 되어서야 오기도 하고, 아예 오지 않을 때도 있었다. 그는 언제나 집달관을 두려워했다. 그는 크롬웰*의 수법을 흉내 내어, 런던 시내에서 밤마다 잠자리를 바꾸었다. 누군가가 문을 두드리면 그는 반드시 비밀 창문으로 방문객의 모습을 유심히 살펴본 뒤에야 문을 열어주었다. 그는 아침도 혼자서 먹었다. 사실 그의 차 도구는 너무 빈약해서 거의 손님을 초대할 수도 없었고, 먹을 수 있는 음식이라고는 밤에 잠을 잔 곳에서 집으로 오는 길에 산 롤빵 한 개나 비스킷 몇 개가 고작이었다. 그가 파티를 열었다면 —언젠가 내가 그에게 학구적으로 익살맞게 말했듯이—파티에 초대된 손님들은—형이상학자의 표현을 빌리면—공존이 아니라 서로 연속적인 관계에 '서' 있었을 게 분명하다(어떤 관계에서도 결코 '앉아' 있지는 못했을 테니까). 바꿔 말하면 손님들은 공간을 나누어 갖는 관계가 아니라 시간을 나누어 갖는 관계에 있었을 것이다. 그가 아침을 먹는 동안, 나는 대개 그의 옆에서 빈둥거릴 이유를 만들어냈다. 그러고는 최대한 무관심한 태도로 그가 먹다 남긴 부스러기를 주워 먹었지만, 때로는 부스러기가 전혀 없을 때도 있었다. 이 경우, 나는 오직 그 사람에게만 강도짓을 했다. 그래서 그 사람은 이따금 낮에 비

---

*올리버 크롬웰(1599~1658): 청교도혁명의 지도자. 그는 암살을 두려워하여 밤마다 방을 바꿔가면서 잠을 잤다고 한다.

스킷을 사러 사람을 보내야 할 때도 있었다(나는 그렇게 믿고 있다). 가엾은 여자아이는 결코 그의 서재(양피지와 법률 서류 따위를 보관해두는 창고 같은 곳을 서재라고 부를 수 있다면)에 들어가지 못했기 때문이다. 그 방은 아이에게는 '푸른 수염의 방'*이었다. 6시쯤 주인이 저녁을 먹으러 나갈 때는 반드시 문에 자물쇠를 채웠고, 주인은 저녁에 나가면 밤새 돌아오지 않는 것이 보통이었다.

그 여자아이가 블루넬 씨의 사생아였는지, 아니면 하녀에 불과했는지는 확인할 수 없었고, 그 아이 자신도 알지 못했다. 하지만 그 아이가 비천한 하녀로 취급받고 있는 것은 분명했다. 블루넬 씨가 나타나자마자 아이는 계단 아래로 가서 그의 구두를 닦고, 코트 따위를 솔질했다. 블루넬 씨가 심부름을 시키려고 부르지 않으면, 아이는 햇볕도 들지 않는 타르타로스** 같은 부엌에서 바람이 통하는 위쪽으로 절대 올라오지 않았다. 그러다가 밤중에 내가 문을 두드리는 소리가 들리면, 아이는 그제야 겨우 떨리는 다리로 현관문을 향해 종종걸음을 쳤다. 하지만 낮에 그 아이가 어떤 생활을 하는지는 밤에 그 아이한테 직접 들은 이야기로 추측한 것밖에는 거의 알지 못했다. 주인이 일하는 시간이 시작되자마자 내가 없는 편이 그에게 편하

---

*'푸른 수염'은 프랑스 전설에서 여섯 명의 아내를 차례로 죽인 잔인한 남자. 그가 아내들의 시체를 넣어둔 방은 잠겨 있어 열리지 않았다.
**그리스 신화에 나오는 신. 아이테르와 가이아 사이의 아들로, 뒤에 어머니와 관계를 맺어 괴물 에키드나의 아버지가 되었다고 한다. 일반적으로 지하 암흑계의 가장 밑에 있는 나락을 의미한다.

다는 것을 알아차리고, 나는 대개 밖에 나가서 밤이 될 때까지 공원 같은 곳에 앉아서 시간을 보냈기 때문이다.

그런데 이 집 주인은 도대체 누구이고, 무슨 일을 하고 있었을까? 독자들이여, 그는 저급한 법률 분야에 변칙적으로 종사하는 변호사였다. 뭐라고 말하면 좋을까? 타산적인 이유 또는 어쩔 수 없는 필요 때문에 지나치게 민감한 양심이라는 사치에 탐닉하기를 자제하는 부류(이것은 에두른 표현이니까 상당히 단축할 수도 있지만, '그것'은 독자들의 취향에 맡겨두겠다)의 한 사람이었다. 많은 직업에서 양심은 아내나 마차보다 더 돈이 많이 들고 부담스러운 짐이다. 사람들이 부담스러운 마차를 '버리는' 것에 대해 이야기하듯, 내 친구인 블루넬 씨도 잠시 양심을 '버렸을' 것이다. 물론 여유가 생기면 당장 양심을 되찾을 작정이었을 테지만. 내가 독자들을 즐겁게 해주기 위해 그를 놀려먹을 수 있다면, 그런 사람의 일상생활이 보여주는 내적 질서는 참으로 기묘한 양상을 띨 것이다. 나는 무슨 일이 진행되고 있는지를 관찰할 기회가 제한되어 있었지만, 그래도 런던의 음모와 복잡한 속임수가 "원과 그 주위를 도는 원, 궤도 안의 궤도"*처럼 복잡하게 뒤얽히는 장면을 많이 보았다. 오늘날까지도 이따금 그것을 생각하면 웃음이 나지만, 당시에도 나는 내 비참한 처지를 잊고 그것을 보면서 웃곤 했다. 하지만 그 당시 내 입장에서는 블루넬 씨의 성격 가운데 그에게 별로 명

*밀턴의 《실낙원》 제8권 84행.

예가 되지 않는 측면을 직접 경험한 적은 거의 없었다. 그리고 나는 그가 나에게 무척 친절했고 힘닿는 데까지 너그러웠다는 것을 빼고는 그의 기묘한 기질에 대해 모두 잊어야 한다.

사실 그의 힘은 별로 대단치 않았다. 하지만 나는 쥐들과 함께 그 집에서 공짜로 살았다. 존슨 박사가 배를 실컷 먹어본 적은 평생 한 번밖에 없었다고 기록했듯이, 나는 런던의 저택에서 내 마음 내키는 대로 방을 고를 수 있었던 그 한 번의 기회에 감사하겠다. 가엾은 그 여자아이가 유령이 나오는 방이라고 믿었던 '푸른 수염의 방'을 제외한 나머지 방들은 다락방부터 지하실까지 모두 우리 마음대로 쓸 수 있었다. "세상이 모두 우리 앞에 있었다."* 우리는 어디든지 마음에 드는 곳에 텐트를 치고 밤을 보냈다. 집은 내가 이미 말했듯이 무척 넓었고, 런던의 잘 알려진 동네,** 사람들 눈에 잘 띄는 위치에 지금도 서 있다. 독자들 중에도 이 글을 읽기 전이나 읽은 뒤 몇 시간 안에 그 집 앞을 지나간 사람이 많을 것이다. 나는 볼일이 있어서 런던에 갈 때마다 반드시 그곳을 찾아간다. 오늘은 1821년 8월 15일—내 생일—인데, 바로 오늘 밤 10시쯤에도 나는 옥스퍼드 가를 따라 저녁 산책을 하다가 일부러 그 집을 보려고 산책길에서 벗어났다. 그 집에는 이제 존경할 만한 가족이 살고 있다. 나는 응접실에 켜진 불빛으로 가족 파티가 열리고 있는 것을 보았다. 가족이 모여서 차를 마시고 있는 것 같았고, 분위기

---

*밀턴의 《실낙원》 제12권 646행.
**1856년의 개정판에서 드 퀸시는 "소호 가 그리스 거리 38번지"로 주소를 밝혔다.

는 더없이 유쾌하고 즐거워 보였다. 18년 전 그 집의 어둠과 추위, 적막함과 황량함과는 놀랄 만큼 대조적이었다. 18년 전 그 집에서 밤을 보낸 것은 굶주린 학생과 버려진 아이뿐이었다. 말이 났으니 말인데, 나는 나중에 그 아이를 찾으려고 애썼지만 헛수고로 끝났다. 그 아이는 사실 특이한 처지에 놓여 있었던 것을 제외하면 흥미로운 아이라고 부를 만한 존재는 아니었다. 예쁘지도 않았고, 이해력이 빠르지도 않았고, 태도가 유별나게 상냥하지도 않았다. 하지만 다행히 그 시절에도 내 애정을 얻기 위해 진기한 장신구로 치장할 필요는 없었다. 가장 검소하고 가장 소박한 옷을 걸친 꾸밈없는 인간성만으로도 충분했다. 나는 그 아이가 비참한 처지를 함께 견디는 동지였기 때문에 그 아이를 사랑했다. 지금 살아 있다면 그 아이는 애를 낳아서 키우는 엄마가 되었겠지만, 앞에서도 말했듯이 나는 그 아이의 행방을 끝내 알아내지 못했다.

나는 이것을 아쉬워한다. 하지만 그 당시 나에게는 또 다른 사람이 있었다. 그 후 나는 이 사람의 행방을 훨씬 열심히 추적했고, 추적에 실패했을 때는 훨씬 깊은 슬픔에 잠겼다. 그 사람은 젊은 여자였고, 매춘으로 살아가는 불행한 부류에 속해 있었다. 당시 나는 불우한 처지에 놓여 있는 많은 여자들과 친밀하고 우호적인 관계에 있었다—고 솔직하게 인정하는 것을 조금도 부끄럽게 여기지 않으며, 수치심을 느껴야 할 이유도 전혀 없다. 내가 그것을 인정했다고 해서 독자들은 웃을 필요도 없고 눈살을 찌푸릴 필요도 없다. 교양 있는 독자들에게 라틴어 격언인 "음식과 술이 없으면"* 따위를 굳이 상기시키지 않아도, 당시의 내 주머니 사정으로는 그런 여자들과 불순한 관계를 맺을 수 없었으리라고 생각하는 것이 사리에 맞기 때문이다. 하지만 사실 나는 인간의 형상을 가진 생물의 접촉이나 접근으로 내 몸이 더러워졌다고 생각한 적은 평생 한 번도 없었다. 그와는 반대로 나는 일찍부터 우연히 만난 남녀노소 누구와도 친밀하게 '소크라테스 풍으로(more Socratio)'** 대화하는 것을 자랑으로 삼았다. 이것은 인간성에 대한 지식과 우호적인 관계에 도움이 될 뿐만 아니라, 철학자로 여겨지고 싶은 사람에게 어울리는 진솔한 태도를 갖는 데에도 도움이 되는 습관이다. 철학자는 세상 물정에 밝은 사람을 자처하는 편협한 사람, 출생과 교육에 대한 편견으로 가득 찬 사람의 눈으로 세상을 보아서는 안 되고, 신분이 높은 사람과 낮은 사람, 교육받은 사람과 무식한 사람, 죄를 지은 사람과 결백한 사람과 대등한 관계에 있는 포용력 있는 사람을 자처해야 한다.

그 곤궁한 시기에 나는 소요학파***처럼 거리를 돌아다녔기 때문에, 거리의 여자라고 불리는 그 여자 소요학파들과 자연히 더 자주 마주치게 되었다. 야경꾼이 남의 집 앞 계단에 앉아 있

---

*로마의 희극작가 테렌티우스(기원전 195~159)의 《거세된 남자들》 4막 5장 6행. "음식과 술이 없으면 색욕이 식는다(Sine Cerere et Libero friget Venus)."
**소크라테스는 상대를 가리지 않고 말을 걸고, 그 대화를 통해 진리를 끌어내는 데 뛰어났다.
***고대 그리스 철학파의 하나. 아리스토텔레스가 학원 안의 나무 사이를 산책하며 제자들을 가르쳤다는 데서 붙은 이름이다.

는 나를 쫓아내고 싶어 하면, 그 여자들이 야경꾼과 맞서서 내 편을 들어주기도 했다. 그 여자들 가운데 하나—애당초 내가 이 화제를 꺼낸 것은 그 여자 때문이었다—아니, 고결한 마음을 가진 앤을 그 여자들과 같은 부류에 넣지는 않겠다. 가능하면 그녀의 처지를 나타내는 좀 더 온건한 명칭을 찾아내겠다. 온 세상이 나를 버렸을 때 그녀는 곤경에 빠진 나에게 선심을 베풀고, 나를 측은하게 여기며 보살펴주었다. 내가 지금 살아 있는 것은 순전히 그 덕분이다. 몇 주 동안이나 나는 의지할 데 없는 그 가엾은 여자와 함께 밤마다 옥스퍼드 가를 오르내리거나 현관의 지붕 밑이나 계단에서 함께 쉬었다. 그녀가 나와 비슷한 나이일 리는 없었다. 실제로 그녀는 아직 열여섯 살도 다 채우지 못했다고 말했다.

나는 그녀에 대한 관심이 이끄는 대로 질문을 던진 끝에 그녀의 간단한 내력을 차츰 알아냈는데, 그녀에게 일어난 일은 세상에 흔히 있는 사례였다(그 후 나는 그렇게 생각해도 좋은 이유를 알게 되었다). 런던의 자선사업이 상황에 더 잘 대처했다면, 법률의 힘이 더 자주 개입하여 약자를 보호하고 원수를 갚을 수도 있을 것이다. 하지만 런던의 자선사업은 깊고 힘차게 흐르지만, 지하수로를 소리 없이 흐른다. 집도 없이 떠돌아다니는 가난한 사람에게는 그 수로가 눈에 띄지 않거나 쉽게 접근할 수 없다. 런던 사회의 바깥 공기와 뼈대가 가혹하고 잔인하고 냉담한 것은 부인할 수 없다. 하지만 어쨌든 나는 그녀가 입은 손해 가운데 일부는 쉽게 보상받을 수 있으리라는 것을 알았다. 그래서 행정관에게 고소하라고 자주 권했다. 그녀가 의지가지없는 신세라 해도 고소하면 당장 주목을 받을 것이고, 영국의 재판은 사람을 차별 대우하지 않으니까 그녀의 재산을 강탈한 그 잔인한 악당에게 신속하고 충분한 복수를 해줄 거라고 장담했다. 그녀는 내 말대로 하겠다고 약속했지만, 내가 지적한 그 조치를 취하는 것을 계속 미루었다. 앤은 소심한 데다 몹시 기가 죽어 있어서, 슬픔이 그 어린 마음을 얼마나 강하게 사로잡았는지를 보여주었기 때문이다. 당연한 일이지만, 앤은 가장 올곧은 판사와 가장 공정한 법정도 그녀의 가장 큰 손해를 보상해주지는 못할 거라고 생각했을 것이다. 하지만 어쩌면 무언가가 이루어졌을지도 모른다. 우리는 하루이틀 사이에 함께 행정관에게 가서 내가 그녀를 대신하여 사정을 털어놓기로 마침내 결정했기 때문이다. 하지만 우리끼리 그렇게 결정한 것은 불행히도 내가 앤을 마지막에서 두 번째로 만났을 때였다. 나는 앤에게 줄 수 있는 이 작은 도움을 끝내 실현하지 못할 운명이었다. 한편 앤은 나한테 큰 도움을 주었고, 나는 도저히 거기에 보답하지 못했을 것이다.

    어느 날 밤, 우리는 옥스퍼드 가를 천천히 걷고 있었다. 나는 여느 때보다 훨씬 몸이 아프고 기운이 없고 현기증이 나는 하루를 보낸 뒤여서, 나와 함께 소호 광장으로 들어가달라고 앤에게 부탁했다. 우리는 거기로 가서 어느 집 앞 계단에 앉았다. 지금 이 순간까지도 나는 그곳을 지나갈 때면 앤이 거기에서 한 고귀한 행동이 생각나서 고통스러운 슬픔에 잠기고, 그 불행한 소녀의 영혼에 마음속으로 경의를 표하지 않을 수 없다. 우리가 그곳에 앉아 있을 때 갑자기 내 상태가 훨씬 나빠졌다. 나는 앤의 가슴에 머리를 기대고 있었는데, 갑자기 그녀의 품에서 미끄러져 계단에 뒤로 넘어졌다. 그때 느낀 감각 때문에 나는 무언가 기운을 차리게 할 강력한 자극이 없으면 그 자리에서 죽거나 탈진 상태에 빠져버릴 거라고 생각했다. 의지할 데 없는 상황에서는 그런 상태에서 회복될 가망이 곧 사라져버렸을 것이다. 내 운명이 달린 이 고비에 나에게 구원의 손을 내민 것은, 세상에서 상처밖에는 받은 적이 없는 가엾은 내 고아 친구였다. 앤은 놀라서 비명을 질렀지만, 잠시도 망설이지 않고 옥스퍼드 가로 달려갔다가, 곧 포트와인 한 잔을 가지고 돌아왔다. 그보다 빨리 돌아오는 것은 상상할 수도 없었을 것이다. 텅 빈 내 위가 그때는 어떤 고형 음식도 받아들이지 않았겠지만, 빈속에 들어간 포도주는 당장 기운을 회복시켜주는 작용을 했다. 인정 많은 소녀는 이 술 한 잔을 사기 위해 불평 한 마디 하지 않고 초라한 지갑을 탈탈 털었던 것이다. 게다가—결코 잊어서는 안 된다!—자기는 생필품을 살 돈도 거의 없고, 언젠가는 내가 그 비용을 갚아줄 수 있을 거라고 기대할 이유도 전혀 없었는데 말이다.

오, 젊은 은인이여! 그 후 나는 얼마나 자주 그 쓸쓸한 곳에 서서 슬픔과 사랑에 가득 찬 가슴으로 그대를 생각했던가! 아버지의 저주가 초자연력을 가지고 있어서 숙명적인 필연성으로 저주의 대상을 추적한다고 옛날 사람들이 믿었듯이, 고마움에 억눌린 마음에서 우러나온 감사 기도는 그와 비슷한 권능을 가지고 있어서, 그대를 추적하고, 그대에게 계속 붙어다니고, 잠복했다가 그대를 습격하고,* 그대를 따라잡고, 런던 매춘굴의 어둠 한복판으로, 또는 (가능하다면) 무덤의 어둠 속으로 따라 들어가, 거기에서 평화와 용서와 마지막 화해의 진정한 메시지로 그대를 깨울 힘을 하늘로부터 부여받을 수 있기를 나는 얼마나 자주 바랐던가!

나는 자주 울지 않는다. 인간의 주요 관심사와 관련된 문제에 대한 내 생각은 날마다, 아니 시시각각 "눈물을 흘리기에는 너무 깊은"** 수천 길 아래로 내려갈 뿐만 아니라, 내 사고방식의 엄격함은 눈물을 유발하는 감정에 적대적이고—평소에 명상적 슬픔에 잠기는 경향이 없는 경박한 사람들은 눈물을 유발하는 감정이 우발적으로 폭발하면 바로 그 경박함 때문에 눈물에 저항할 수 없게 될 테고, 따라서 그들에게는 필연적으로 그런 적대감이 부족하다—인간의 주요 관심사를 나만큼 깊이 생각해본 사람은 누구나 완전한 낙담에 빠지지 않기 위해 인간의 고통에는 상징적 의미가 담겨 있고 나중에는 그것을 상쇄하는 편안함이 찾아온다는 믿음으로 일찍부터 마음을 가라앉혔을 게 분명하다고 믿기 때문이다. 이런 이유로 나는 지금 이 순간까지 쾌활하다. 그리고 아까도 말했듯이 자주 울지 않는다.

---

*워즈워스의 〈그녀는 기쁨의 환상이었다〉 10행에 "계속 붙어다니고, 놀라게 하고, 잠복하고"라는 구절이 있다.
**워즈워스의 〈어린 시절을 회고하고 영생을 고지받는 송가〉를 마무리하는 구절.

하지만 어떤 감정은 다른 감정보다 더 깊거나 강렬하지는 않더라도 더 민감하다. 아직도 나는 꿈꾸는 듯한 등불 빛에 의지하여 옥스퍼드 가를 걸으면서 몇 년 전에 나와 내 다정한 벗(나는 영원히 그녀를 이렇게 불러야 한다)을 위로해준 손풍금 소리를 들으면 자주 눈물이 난다. 그리고 그렇게 갑자기, 그렇게 결정적으로 우리를 영원히 갈라놓은 그 신비로운 신의 섭리를 혼자서 곰곰 생각한다. 그 일이 어떻게 일어났는지는 이 머리글의 나머지를 읽어보면 알 수 있을 것이다.

앞에 기록한 마지막 사건이 일어난 직후, 나는 앨버말 가에서 선왕 폐하*의 시종이었던 신사를 우연히 만났다. 이 신사는 몇 번 내 아버지한테 후한 대접을 받은 적이 있는데, 내가 아버지를 많이 닮았기 때문에 혹시나 하고 말을 걸어온 것이다. 나는 굳이 정체를 감추려 하지 않고 그의 질문에 솔직하게 대답했다. 그는 내 후견인들에게 나를 고자질하지 않겠다고 약속했고, 그래서 나는 내 친구인 그 변호사의 주소를 그에게 알려주었다. 이튿날 나는 그에게서 10파운드 지폐를 받았다. 지폐를 동봉한 편지는 다른 업무상 편지와 함께 변호사에게 배달되었다. 변호사는 내 편지의 내용물을 알아차린 듯한 표정과 태도를 보였지만, 군말없이 선선하게 편지를 나에게 건네주었다.

이 선물은 특별한 용도에 쓰였기 때문에, 애당초 나를 런던으로 유인했고, 런던에 도착한 첫날부터 마지막으로 런던을 떠

---

*조지 3세(1738~1820)를 말한다.

난 날까지 줄곧 얻고자 한 목적에 대해 자연히 말하게 된다.

런던처럼 거대한 세계에서도 내가 가난의 구렁텅이에서 벗어날 수단을 찾지 못했다면 독자들은 놀랄 것이다. 내가 적어도 두 가지 수단—내 가족의 친구들에게 도움을 청하거나, 내 젊은 재능과 학식을 활용하여 금전적인 대가를 얻거나—은 취할 수 있었을 거라고 생각할 테니까. 첫 번째 방법에 대해서는 대체로 이렇게 말할 수 있을 것이다. 내가 다른 어떤 재앙보다 두려워한 것은 내 후견인들이 나에 대한 권리를 다시 주장할 가능성이었다. 그렇게 되면 그들은 분명 법률이 준 권한을 극단적으로 행사하여, 내가 그만둔 학교에 나를 억지로 복학시키는 조치를 취했을 것이다. 내가 보기에 복학은 치욕이었다. 설령 자발적으로 거기에 복종했다 해도, 내 소망과 노력을 경멸하고 무시한 채 복학을 강요하는 것은 나에게는 죽음보다 더한 굴욕일 수밖에 없고, 실제로 그 굴욕은 죽음으로 끝났을 것이다. 그래서 나는 나를 도와줄 사람들을 알면서도, 후견인들에게 나를 되찾을 단서를 제공할 위험을 무릅쓰면서까지 그들에게 도움을 청할 생각은 없었다. 하지만 특히 런던에 관해서 말하자면, 우리 아버지가 생전에 런던에서 친구를 많이 사귄 것은 틀림없는 사실이지만, (이제 아버지가 돌아가신 지 10년이 지났기 때문에) 나는 그들의 이름도 몇 사람밖에 기억하지 못했고, 언젠가 한번 런던에서 몇 시간을 지낸 것을 빼고는 일찍이 런던을 본 적도 없었기 때문에, 내가 이름을 기억하는 그 몇 사람의 주소도 알지 못했다. 따라서 이런 식으로 도움을 얻는 방식은 언제나 내키지 않았다. 부분적으로는 그 사람들을 찾아내기가 어렵기 때문이었지만, 그보다는 내가 앞에서 언급한 더 없는 두려움이 가장 중요한 이유였다.

두 번째 수단에 관해서 말한다면, 이제 나는 그 수단을 못 보고 넘어간 것을 의아하게 생각하는 독자들의 의견에 반쯤 동조하고 싶은 기분이다. (다른 길이 없다면) 그리스어 실력을 살려서 그리스어 교정자라도 되었다면, 추위와 굶주림을 면할 정도의 돈은 벌었을지 모른다. 그런 일이라면 약속 시간을 정확히 지켜서 모범적으로 꼼꼼하게 해낼 수 있었을 것이고, 그래서 곧 고용주들의 신뢰를 얻었을 것이다. 하지만 그런 일을 얻으려 해도 우선 존경할 만한 출판업자에게 보여줄 소개장이 필요했다는 사실을 잊어서는 안 된다. 나는 소개장을 얻을 방법이 없었다. 하지만 사실을 말하면, 문학적 노동을 돈벌이 수단으로 생각한다는 것은 한 번도 내 머리에 떠오른 적이 없었다. 돈을 빨리 버는 방법으로 머리에 떠오른 것은 장차 내가 권리를 주장할 수 있거나 상속받을 가능성이 있는 재산을 담보로 돈을 빌리는 방법뿐이었다. 나는 모든 우회로를 통해 이 방법을 시도했고, 내가 접촉한 사람들 중에는 델이라는 이름의 유대인도 있었다.*

이 유대인과 그 밖에 돈을 빌려준다고 광고하는 대부업자들(이들 가운데 몇몇도 아마 유대인이었을 것이다)에게 나는 장차 상속받게 될 유산에 대해 이야기했다. 그들은 민법박사회관**에서 우리 아버지의 유언장을 조사해보고 내 이야기가 사실이라는 것을 확인했다. 유언장에 토머스 퀸스의 차남으로 기록된 사람이 내가 언급한 모든 권리(또는 그 이상의 권리)를 갖도록 되어 있었지만, 아직 한 가지 의문이 남아 있었다. 유대인들의 얼굴은 매우 암시적으로 그 의문을 제기했다. '당신'이 정말로 그 사람인가? 나는 이런 의문이 제기될 수 있으리라고는 꿈에도 생각해본 적이 없었다. 나는 오히려 유대인 친구들

*〔원주〕 그로부터 약 18개월 뒤에 나는 다시 이 유대인에게 대출을 부탁했는데, 그때는 어엿한 대학의 칼리지〔드 퀸시는 1803년 12월 17일 옥스퍼드 대학의 우스터 칼리지에 입학했다―옮긴이〕에서 의뢰했기 때문인지, 다행히도 내 요구에 진지한 관심을 보여주었다. 내가 돈이 필요했던 것은 결코 낭비나 젊은이의 경솔한 행동 때문이 아니라(내 습관과 쾌락의 성질 때문에 나는 이런 것을 훨씬 초월해 있었다), 단지 후견인들의 보복적인 심술 때문이었다. 후견인들은 내가 대학에 가는 것을 더 이상 막을 수 없다는 것을 알자, 작별에 즈음하여 관대함의 표시로 내가 학교에 다닐 때 준 용돈―1년에 100파운드―보다 1실링을 더 준다는 증서에 서명하기를 거부했다. 100파운드로는 그 당시 대학에서 간신히 살아갈 수 있을 정도였고, 돈에는 관심이 없다고 허세를 부리지도 않고 돈이 많이 드는 취미도 없지만 고용인에게 너무 많은 일을 맡기고 세심하게 돈을 절약하는 것을 즐기지 않는 사람은 100파운드로 대학 생활을 하기가 불가능했다. 그래서 나는 곧 곤란한 처지에 빠졌고, 그 유대인과 방대한 교섭을 벌인 뒤(내가 이 교섭 상황을 일부라도 자세히 언급할 여유가 있었다면, 독자들은 무척 즐거웠을 텐데) 마침내 나는 대출금 전액에 대해 연간 17.5%의 이자를 내는 '통상적인' 조건으로 필요한 돈을 손에 넣을 수 있었다. 유대인은 변호사 증서를 통해 너그럽게도 앞에서 말한 금액인 약 90기니 외에는 한푼도 더 되찾지 않는다는 조건이었다(도대체 이 증서가 무엇에, 누구에게, 그리고 언제 도움이 되었는지, 예루살렘이 포위되었을 때인지, 두 번째 예루살렘 신전이 건립되었을 때인지, 아니면 그보다 더 옛날로 거슬러 올라간 때인지, 나는 아직도 알아내지 못했다). 이 증서가 얼마나 분량이 많았는지는 정말로 잊어버렸다. 하지만 진기한 자연물을 넣어둔 캐비닛에 아직도 그 증서를 보관하고 있다. 언젠가는 그것을 영국박물관에 기증할 생각이다. 〔솔로몬 왕이 세운 신전(첫 번째)은 기원전 586년 신바빌로니아 왕 네부카드네자르 2세의 침입으로 예루살렘이 함락될 때 파괴되었고, 그때 바빌론으로 붙잡혀간 유대인들이 기원전 538년 키루스 대왕의 포고에 따라 귀환한 뒤 기원전 516년에 신전(두 번째)을 다시 세웠으나, 서기 70년 로마 황제 티투스의 포위 공격으로 예루살렘이 멸망할 때 다시 파괴되었다―옮긴이〕
**1857년까지 유언 검증, 결혼 허가, 이혼 사무 따위를 취급한 곳.

이 날카로운 눈으로 나를 유심히 살펴볼 때마다 내가 바로 그 사람이라는 사실이 알려지는 것은 아닐까, 나를 함정에 빠뜨려 내 후견인들에게 팔아넘길 계획이 그들의 마음속을 오가고 있는 것은 아닐까 두려워했다. '실체(materialiter)'로 여겨지는 나 자신이(내가 이런 표현을 쓴 것은 논리적으로 정확하게 구별하는 것을 좋아하기 때문이다) '형식(formaliter)'으로 여겨지는 나 자신을 사칭한다고 단죄되거나 적어도 그런 의심을 받는 것은 나에게 참으로 기묘한 일이었다. 하지만 유대인들의 의심을 풀어주기 위해 내가 취할 수 있는 방법은 한 가지뿐이었다. 웨일스에 있을 때 젊은 친구들한테서 다양한 편지를 받았는데, 이 편지들을 항상 주머니에 넣어 가지고 다녔기 때문에 그것을 유대인들에게 보여준 것이다. 사실 그 편지들은 이 무렵에는 거치적거리는 내 개인적인 짐 가운데 (내가 입은 옷을 제외하면) 어떤 식으로도 처분하지 못하고 남아 있는 거의 유일한 물건이었다. 그 편지들은 대부분 당시 내가 속내를 털어놓을 수 있는 가장 친한(좀 더 정확히 말하면 유일한) 친구였던 앨터몬트 백작이 보낸 것이었고, 발신지는 이튼*이었다. 앨터몬트 백작의 아버지인 슬라이고 후작에게서 온 편지도 몇 통 있었다. 후작은 농사에 몰두해 있었지만, 이튼스쿨 출신으로서 귀족에게 필요한 학식을 갖춘 훌륭한 학자였고, 아직도 고전 연구와 젊은 학생에 대한 애정을 간직하고 있었다. 따라서 그는 내가

---

*런던 남서쪽, 버크셔 남부에 있는 도시. 이곳에 유명한 이튼스쿨이 있다.

열다섯 살 때부터 나와 편지를 주고받았다. 때로는 메이오 군이나 슬라이고 군*에서 내가 그곳을 방문한 이래 후작이 실제로 했거나 계획하고 있는 중요한 개량에 대해, 때로는 어느 라틴어 시인의 장점에 대해 이야기하기도 하고, 때로는 이런 주제로 시를 써보라고 나에게 권하기도 했다.

  유대인 친구들 가운데 하나가 이 편지들을 읽고 나서, 내가 젊은 백작—그는 나보다 나이가 많지 않았다—을 설득하여 우리가 성년이 되었을 때 반드시 돈을 갚겠다는 보증을 세울 수 있다면 내 신용을 담보로 200파운드나 300파운드를 빌려주기로 동의했다. 이제 와서 생각해보면 그 유대인의 궁극적인 목적은 나에게 기대할 수 있는 사소한 이익이 아니라, 내 귀족 친구와 관계를 맺는 것이었다. 그는 젊은 백작이 언젠가는 막대한 재산을 상속받으리라는 것을 잘 알고 있었기 때문이다. 유대인의 이 제안에 따라 나는 우선 10파운드를 받은 뒤 여드레나 아흐레쯤 지났을 때 이튿에 내려갈 준비를 했다. 10파운드 가운데 3파운드는 나에게 돈을 빌려준 친구에게 주었다. 내가 런던을 떠나 있는 동안 서류를 준비하기 위해 인지를 사야 한다고 그 친구가 우겨댔기 때문이다. 속으로는 그가 거짓말을 하고 있다고 생각했지만, 일이 지연된 것을 내 탓으로 돌릴 구실을 주고 싶지 않았다. 나는 또한 그보다 적은 액수의 돈을 내

---

*둘 다 아일랜드 북서부 코노트 주에 있는 군. 1800년 여름에 드 퀸시는 두세 살 아래인 웨스트포트 경(나중에 앨터몬트 백작)의 학우로서 함께 아일랜드를 여행한 적이 있다.

변호사 친구에게 주었다(이 친구는 대부업자들의 변호사로서 그들과 관계를 맺고 있었다). 사실 그는 가구도 없는 빈 방이나마 나에게 숙소를 제공해주고 있었기 때문에 그 정도의 돈을 받을 자격은 있었다. 약 15실링은 옷을 다시 갖추는 데(초라할 만큼 검소한 옷이긴 했지만) 사용했다. 남은 돈의 4분의 1은 앤에게 주었다. 내가 런던으로 돌아왔을 때, 그 돈에서 쓰고 남은 게 있다면 앤과 나누어 가질 작정이었다.

이런 준비가 끝나고, 어두운 겨울 저녁 6시가 지나자마자 나는 앤과 함께 피커딜리로 떠났다. 바스*나 브리스틀행 우편마차를 타고 솔트힐까지 내려갈 작정이었다. 우리가 지나간 길은 모두 사라진 시가지의 일부를 통과했기 때문에, 지금은 그 옛날의 경계선을 더는 더듬어갈 수 없다. 그 거리의 이름은 아마 스왈로 가였을 것이다. 하지만 시간이 많이 남아 있었기 때문에 우리는 왼쪽으로 구부러져 골든 광장**으로 들어갔다. 이곳에서 우리는 시끄럽고 번쩍거리는 피커딜리의 혼란 속에 끼어들고 싶지 않아서, 셰라드 가 모퉁이 근처에 자리를 잡고 앉았다. 나는 이미 내 계획을 앤에게 말해주었지만, 내가 행운을 만나면 앤에게도 나누어줄 것이고, 나에게 앤을 보호해줄 힘이 생기면 절대로 앤을 버리지 않겠다고 여기서 다시 한 번 약속했다. 이것은 의무감 때문이기도 했지만, 그에 못지않게 진심에서 우러나온 약속이었다. 어쨌든 나는 앤 덕분에 목숨을 건

*잉글랜드 남서부 에이번 주의 유명한 온천도시. 브리스틀은 그 앞에 있다.
**런던의 소호 광장 남서쪽에 있다.

졌다는 고마움으로 평생 갚지 못할 빚을 지고 있었지만, 그 고마움은 제쳐놓고라도 나는 앤을 친누이처럼 사랑했다. 게다가 지금 이 순간에는 몹시 낙담한 앤을 보기가 딱해서 평소보다 일곱 배나 애정이 강해져 있었다. 나는 목숨을 구해준 은인을 떠나려 하고 있었기 때문에, 정말로 낙담할 이유가 있는 사람은 나였다. 하지만 내 건강이 받은 충격을 생각하면, 나는 놀랄 만큼 쾌활하고 희망에 차 있었다. 반대로 앤은 오빠처럼 다정하게 대해주는 것 말고는 아무 도움도 되지 않는 사람과 헤어질 뿐인데 슬픔에 짓눌려 있었다. 그래서 내가 작별 인사로 입을 맞추자 앤은 내 목을 끌어안고는 말없이 흐느껴 울었다. 나는 늦어도 일주일 뒤에는 돌아오리라 생각했고, 앞으로 닷새째 되는 날부터 저녁마다 6시에 그레이트티치필드 가 끝에서 앤이 나를 기다리기로 약속했다. 이곳은 드넓은 지중해 같은 옥스퍼드 가에서 서로 만나지 못할 위험을 방지하기 위해 우리가 평소 만나는 장소로 정해둔 항구 같은 곳이었다.

그 밖에도 나는 여러 가지 예방조치를 취했지만, 유일하게 한 가지 잊은 게 있었다. 바로 앤의 성이었다. 앤이 자신의 성을 나한테 말한 적이 없었거나 아니면 말했는데도 내가 (별로 중요하지 않은 일로 생각하여) 잊어버렸을 것이다. 사실 앤처럼 불우한 처지에 놓여 있는 비천한 계층의 소녀들은 (좀 더 높은 긍지를 가지고 소설을 읽는 여자들처럼) 자신을 더글러스 양이나 몬태규 양 등으로 부르지 않고 그냥 간단하게 세례명—메리, 제인, 프랜시스 따위—으로 부르는 것이 일반적인 관례다. 앤의 성은 나중에 앤의 행방을 추적할 때 가장 확실한 수단이었고, 지금 나는 앤에게 성을 물어봤어야 마땅했다. 하지만 앤과 나는 잠깐 떨어져 있을 뿐인데, 몇 주나 헤어져 있었을 때보다 더 만나기가 어렵거나 불확실해질 수도 있다고 생각할 이유는 전혀 없었다. 그래서 작별을 앞둔 이 순간, 앤의 성을 꼭 알아둘 필요가 있다고는 조금도 생각지 않았고 비망록에 적어두지도 않았다. 마지막까지 나는 미래에 대한 희망으로 앤을 달래주고, 심한 기침과 쉰 목소리로 고생하고 있는 앤에게 약을 꼭 먹으라고 권하느라 여념이 없어서 성을 물어보는 것을 까맣게 잊어버렸다. 그것이 생각났을 때는 앤을 다시 부르기에는 너무 늦은 뒤였다.

내가 글로스터 커피숍*에 도착한 것은 8시가 지나서였다. 브리스틀행 우편마차가 막 떠나려 하고 있었다. 나는 마차 지붕 위로 올라갔다. 우편마차의 기분 좋은 움직임** 덕분에 나는 곧 잠이 들었다. 몇 달 만에 처음으로 편안하고 상쾌한 잠을 잔 곳이 우편마차의 지붕 위였다는 것은 놀랄 만한 일이다. 그곳은 이제 와서 생각하면 불편한 잠자리다. 이 잠과 관련하여 작은 사건이 일어났다. 이 사건은 다른 수백 가지 사건과 마찬가지로 심한 곤궁에 처해본 적이 없는 사람은 인간의 마음이 얼

---

*런던을 떠나 서부 지방으로 가는 마차는 피커딜리 광장의 글로스터 커피숍 앞에서 출발했다.
**[원주] 브리스틀행 우편마차는 영국에서 가장 설비가 잘 갖추어진 마차다. 이 나라에서는 드물게 도로 사정도 아주 좋고, 게다가 임시비용은 브리스틀 상인들의 기부금으로 충당하는 두 가지 이점이 있었기 때문이다.

마나 선량할 수 있는지, 또는—한숨과 함께 덧붙여 말하면—얼마나 야비할 수 있는지에 대해 적어도 직접적으로는 전혀 모른 채 일생을 보내기 쉽다는 확신을 나에게 심어주었다. '예절'이라는 커튼은 인간의 '본성'이 지닌 특징과 표현 위에 너무 두껍게 드리워져 있어서, 보통 사람의 눈에는 양극단과 그 사이에 놓여 있는 무한한 다양성의 영역이 모두 뒤섞인 것처럼 보인다. 그것들이 이루는 여러 가지 화음의 방대하고 다양한 음역은 기본음의 음계나 알파벳으로 표현되는 빈약한 특징으로 축소되어버린다.

그 사건은 이러했다. 런던을 출발한 뒤 7~8킬로미터쯤은 이따금 마차가 흔들려서, 지붕 위에 함께 탄 동료 승객 쪽으로 기울어지면 그때마다 나도 그에게 굴러 떨어져 그를 성가시게 했다. 사실 길이 더 울퉁불퉁하고 오르내림이 심했다면, 몸이 쇠약한 나는 마차에서 떨어졌을 것이다. 내가 성가시게 한다고 그는 몹시 불평했는데, 아마 대다수 사람이 그런 상황에서는 불평할 것이다. 하지만 그는 온당하게 여겨지는 것보다 훨씬 까다롭게 불만을 표현했다. 내가 그 순간 그와 헤어졌다면, 그를 무뚝뚝하고 야비한 놈으로 생각했을 것이다(내가 그를 생각할 가치가 있는 사람으로 생각했다면 말이지만). 하지만 나는 그에게 불평의 원인을 제공한 것을 의식했고, 그래서 그에게 사과하면서 앞으로는 잠들지 않도록 최대한 애써보겠다고 약속했다. 그러면서 나는 병에 걸렸고 오랜 고통으로 몸이 쇠약해진 상태라는 것, 지금은 돈이 없어서 마차 안에 탈 여유가 없다는 것을 간단히 설명했다. 내 설명을 듣자마자 순식간에 그의 태도가 바뀌었다. 내가 하운즐로*의 소음과 불빛 때문에 잠깐 잠에서 깨어났을 때(나는 잠들지 않기를 바라고 자지 않으려고 애썼지만, 애쓴 보람도 없이 그에게 약속한 지 2분도 지나기 전에 다시 잠들어버렸다), 나는 그의 팔이 내 몸에 감겨 있는 것을 알았다. 그는 내가 마차 지붕에서 떨어지지 않도록 팔을 내 몸에 두르고, 여행이 끝날 때까지 여자처럼 상냥하게 행동했다. 그래서 결국 나는 그의 품에 거의 안기다시피 했다. 그는 내가 이 우편마차의 종점인 바스나 브리스틀까지 가지 않고 도중에 내린다는 것을 알 리가 없었기 때문에 이것은 좀 지나친 친절이었다. 사실 나는 불행하게도 원래 내릴 작정이었던 곳을 지나 더 멀리까지 갔다. 잠이 너무 편안하고 상쾌해서, 하운즐로를 떠난 이후 우편마차가 갑자기 멈춰 설 때까지(아마 어느 우체국 앞이었을 것이다) 줄곧 곯아떨어져 있었기 때문이다. 어디냐고 물어본 결과, 나는 마차가 메이든헤드**에 도착한 것을 알았다. 내가 내릴 예정이었던 솔트힐을 10킬로미터쯤 지나친 곳이었을 것이다.

나는 여기서 내렸다. 우편마차가 멈춰 선 30초 동안, 친절한 길동무(피커딜리에서 얼핏 본 인상으로 판단하면, 그는 신사의 집사거나 그런 계층의 사람인 것 같았다)는 마차에서 내리자마자 곧바로 침대에 들어가라고 간청하다시피 했다. 나는 잠자리

*잉글랜드 미들섹스 주에 있는 도시. 현재는 그레이터런던의 한 자치구.
**잉글랜드 남부 버크셔 주의 도시.

에 들 생각이 전혀 없었지만 그러겠다고 약속했다. 사실 나는 당장 걸어서 전진했다. 아니, 후퇴했다. 그때는 자정이 가까웠던 게 분명하다. 하지만 나는 너무 천천히 기다시피 걸었기 때문에 모퉁이를 돌아 슬라우*에서 이튼으로 통하는 길로 접어들기 전에 작은 시골집에서 시계가 네 시를 치는 소리를 들었다. 공기와 잠은 둘 다 나를 기운나게 해주었지만, 그래도 나는 녹초가 되어 있었다. 가난에 짓눌린 그 순간 나에게 조금이나마 위안을 준 어떤 생각(이 생각은 너무 뻔하고 명백하지만, 어느 로마 시인**이 그것을 적절히 표현했다)이 기억에 떠오른다. 하운즐로 황무지 부근에서 살인사건이 일어난 것은 얼마 전이었다. 살해된 피해자의 이름은 스틸이고, 근처에 있는 라벤더 농장의 주인이었다고 말해도 내가 틀렸을 리는 없다고 생각한다. 나는 앞쪽으로 한 걸음씩 떼어놓을 때마다 황무지로 점점 가까이 다가가고 있었다. 살인 용의자가 그날 밤 밖에 나와 있다면 그와 나는 모르는 사이에 시시각각 어둠을 뚫고 서로 접근하고 있을지도 모른다는 생각이 문득 떠오른 것은 당연했다. 그렇게 되면…… 내가 (실제로 그렇듯이) 추방된 방랑자나 다름없는 신세—

---

*버크셔 주 북동부에 있는 도시.
**유베날리스(50?~130)의 《풍자시》 제10권 23행에는 "지갑이 비어 있는 나그네는 도적을 만나도 노래를 부른다"는 구절이 나온다.

학식의 주인이긴 하지만, 땅은 한 뼘도 없는*

신세가 아니라, 내 친구인 앨터몬트 경처럼 1년에 7만 파운드의 수입이 있다는 것이 세상에 널리 알려진 상속자라면, 이 순간 내 목숨이 달아날까봐 얼마나 심한 공포에 빠져 있겠는가! 사실 앨터몬트 경이 나 같은 처지에 놓일 가능성은 거의 없었다. 하지만 그래도 막강한 권력과 막대한 재산을 소유한 자는 부끄러울 만큼 죽음을 두려워한다는 말의 취지는 여전히 사실이다. 가장 대담한 모험가들은 다행히 가난하기 때문에 타고난 용기를 충분히 활용할 수 있지만, 행동에 나서려는 바로 그 순간 뜻밖에도 연간 5만 파운드의 수입이 들어오는 영지를 상속받게 되었다는 소식이 전해지면 총알에 대한 혐오감이 상당히 날카로워지는 것을 느끼고,** 그에 비례하여 완전한 평정과 침착성을 유지하려는 노력도 어려워지는 것을 느끼게 되리라고 나는 확신한다. 빈부 양쪽의 운명을 직접 겪어본 적이 있는 한 현인의 말에 이런 구절이 있다.

부는 미덕을 유혹하여 칭찬할 만한 일을 시키기보다는

---

*셰익스피어의 《존 왕》 1막 1장 137행.
**〔원주〕 우리 역사를 통틀어, 또한 우리 시대에도 최고의 지위와 재산을 가지고 있으면서도 전쟁터에 나가 솔선하여 위험에 몸을 드러낸 사람이 많다고 반론하는 자들도 있을 것이다. 그것은 틀림없는 사실이지만, 지금 내가 상정하고 있는 경우와는 다르다. 오랫동안 권력과 친밀한 관계를 맺은 사람들은 권력의 효과와 매력에 무디어진다.

미덕을 느슨하게 하고 미덕의 효과를 줄이는 데 더 적합하다.

—《복낙원》*

이 말은 완전한 진리다.

내가 주제를 놓고 농탕을 치는 것은 그 무렵의 추억이 나 자신에게 참으로 흥미롭기 때문이다. 하지만 이제 서둘러 결말을 지을 테니까 독자들은 더 이상 불평할 이유가 없을 것이다. 슬라우에서 이튼으로 가는 도중에 나는 길바닥에서 잠이 들었고, 막 동이 트기 시작했을 때 누군가의 목소리가 나를 깨웠다. 그는 내 옆에 서서 나를 유심히 살펴보고 있었다. 그의 정체가 무엇이었는지는 모른다. 못생긴 사람이었지만, 그렇다고 해서 악의를 가진 사람이라고 할 수는 없다. 설령 악의를 가졌다 해도, 겨울에 한뎃잠을 자는 사람이 강제로 빼앗을 만큼 값진 물건을 갖고 있을 리는 없다고 생각했을 것이다. 하지만 그렇게 결론 지었다면 나 자신에 관한 한 그의 결론이 틀렸다고, 그가 만약 이 글을 읽는다면 장담하고 싶다. 그는 몇 마디 하고 나서 지나갔다. 나는 그가 단잠을 깨운 것을 유감으로 생각지도 않았다. 덕분에 많은 사람들이 일어나기 전에 이튼을 지나갈 수 있었기 때문이다. 밤에는 하늘이 음산하고 잔뜩 찌푸려 있었지만, 아침이 가까워지자 서리로 바뀌어 땅과 나무들이 서리로 덮여 있

---

*제2권 455~456행.

었다.

  나는 아무에게도 들키지 않고 이튼을 살짝 지나갔다. 그리고 윈저*의 작은 여인숙에서 몸을 씻고 최대한 옷매무새를 가다듬은 뒤, 8시쯤 포트 서점** 쪽으로 내려갔다. 도중에 이튼스쿨의 하급반 학생들을 만나서 이것저것 물어보았다. 이튼 학생들은 언제나 신사다. 내 초라한 행색에도 불구하고 그들은 내 질문에 공손히 대답해주었다. 내 친구인 앨터몬트 경은 케임브리지 대학으로 갔다고 한다. "이리하여 모든 고생은 수포로 돌아갔다!(Ibi omnis effusus labor!)" 이튼에는 다른 친구들도 있었지만, 유복한 친구라고 해서 아무한테나 곤경에 빠진 자신을 보여주고 싶지는 않은 법이다. 하지만 나는 기억을 되살려 데저트 백작***을 찾아갔다. 그에게라면(비록 다른 친구들만큼 친한 사이는 아니지만) 내가 어떤 처지에 놓여 있더라도 기죽지 않고 나 자신을 보여줄 수 있었을 것이다. 그는 케임브리지로 막 떠나려던 참이었지만, 아직 이튼에 있었다. 내가 찾아가자 그는 친절하게 맞아주고 아침식사를 함께 하자고 권했다.

  독자들이 잘못된 결론에 이르는 것을 막기 위해 여기서 잠깐 이야기를 멈추겠다.

  나는 지금까지 말이 난 김에 여러 귀족 친구에 대해 이야기

---

*버크셔 주의 도시. 정복왕 윌리엄 이래 영국 왕의 거처인 윈저 궁과 이튼스쿨이 있다.
**이튼의 하이스트리트에 있었던 유명한 책방.
***앨터몬트 백작의 사촌. 드 퀸시가 이튼에서 만났을 때는 아직 캐슬 카프 자작이었다. 백작의 작위를 물려받은 것은 1804년이다.

할 기회가 있었지만, 그렇다고 해서 내가 높은 신분과 고귀한 혈통을 타고난 체한다고 생각하면 안 된다. 나는 그런 신분이 아닌 것을 하느님께 감사하고 있다. 나는 평범한 영국 상인의 아들일 뿐이다. 아버지는 평생 동안 정직하고 성실하다는 평판을 얻었고, 문학에 강한 애착을 갖고 있었다(사실 아버지는 익명으로 작품*을 발표한 작가였다). 아버지가 오래 살았다면 엄청난 부자가 되었을 것으로 생각되지만, 젊은 나이에 돌아가셔서** 일곱 명의 유족에게 겨우 3만 파운드 정도를 남겼을 뿐이다. 어머니는 아버지보다 훨씬 뛰어난 재능을 타고난 분이라고 나는 정직하게 말할 수 있다. 어머니 자신은 '문학에 조예가 깊은' 여성이라는 평판과 명예를 내세우지 않지만, 나는 어머니를 감히 '지성적인' 여성이라고 부를 생각이다(문학에 밝은 여성들 중에도 지적이지 않은 여성이 많다). 어머니의 편지를 모아서 출판하면, 우리 언어로 쓴 어떤 편지 못지않게—M.W. 몬터규 부인***의 편지조차 예외가 아닐 것이다—남자 같은 확고부동한 분별을 보여주는 편지, 순수한 '모국어'로 전달된 편지, 독특한 매력을 지닌 활기차고 신선한 문체를 구사한 편지로 널리 인정받을 거라고 나는 믿는다. 이런 것들이 내 혈통의 자랑이고, 그 밖에는 아무것도 없다. 아무것도 없는 것을 나

---

*드 퀸시의 아버지가 쓴 《1772년 여름 잉글랜드 중부지방으로의 짧은 여행 및 1774년 9월 잉글랜드 중부지방으로의 여행》(1775년 출판).
**토머스 퀸시는 1793년 7월 18일에 40세의 나이로 병사했다.
***영국의 서간문 작가 메리 워틀리(1689~1762).

는 진심으로 하느님께 감사한다. 내가 판단하기에 보통 사람의 수준보다 훨씬 높은 지위에 올라가 있는 것은 도덕적이거나 지적인 자질을 갖추기에 별로 유리한 조건이 아니기 때문이다.

데저트 경은 내 앞에 호화로운 아침식사를 내놓았다. 그것은 참으로 호화로웠지만 내 눈에는 세 배나 더 호화로워 보였다. 어쨌든 몇 달 만에 처음 먹어보는 정찬이었고, 몇 달 만에 처음 앉아보는 "어엿한 식탁"*이었기 때문이다. 그런데 이상한 말이지만 나는 거의 아무것도 먹지 못했다. 10파운드짜리 지폐를 처음 받은 날, 나는 빵집에 가서 롤빵 두 개를 샀다. 그 빵집은 내가 두 달 전에 돌이켜 생각하기도 창피할 만큼 탐욕스러운 눈으로 바라본 바로 그 가게였다. 나는 오트웨이**에 대한 이야기를 생각해내고, 너무 급하게 먹으면 위험할지도 모른다고 걱정했다. 하지만 걱정할 필요는 전혀 없었다. 내 식욕은 완전히 떨어져 있었고, 내가 산 빵을 절반도 먹기 전에 속이 메스꺼워졌다. 식사 비슷한 것을 먹을 때마다 속이 메슥거리는 이 증상은 그 후 몇 주 동안이나 계속되었다. 구역질이 나지 않을 때에도 먹은 것의 일부는 어김없이 토해냈다. 때로는 시큼한 위액을 함께 토하기도 했고, 때로는 먹자마자 토해서 시큼한 맛이 전혀 나지 않을 때도 있었다.

지금 데저트 경의 식탁에서도 내 상태는 여느 때와 마찬가

---

*셰익스피어의 《뜻대로 하세요》 2막 7장 115행.
**토머스 오트웨이(1652~1685): 영국의 극작가. 빚쟁이를 피해 여관에 숨어 있었는데, 배고픔을 참지 못해 낯선 신사한테 받은 돈으로 롤빵 한 개를 사서 허겁지겁 먹다가 목구멍에 걸려 질식사했다고 한다.

지였고, 호화로운 산해진미 한복판에 있으면서도 식욕을 전혀 느끼지 못했다. 하지만 불행히도 나는 항상 포도주를 갈망했다. 그래서 나는 데저트 경에게 내 상태를 설명하고, 최근에 겪고 있는 고통을 간단히 이야기했다. 그러자 그는 나를 깊이 동정하면서, 하인을 불러 포도주를 가져오게 했다. 이 포도주는 나에게 일시적인 위안과 즐거움을 주었다. 나는 기회가 닿을 때마다 반드시 포도주를 마셨고, 나중에 아편을 숭배했듯이 그 무렵에는 포도주를 숭배했다. 하지만 이렇게 포도주에 탐닉한 것이 내 병을 악화시키는 데 이바지했다고 나는 확신한다. 내 위의 상태는 분명히 쇠약해져 있었기 때문이다. 섭생을 잘했다면 내 위는 더 빨리, 그리고 아마 효과적으로 회복되었을지 모른다.

어쨌거나 내가 이튿의 친구들 옆에서 얼쩡거린 것이 포도주를 마시고 싶어서가 아니었기를 바란다. 나는 특별한 도움을 얻으려고 이튿까지 일부러 내려왔지만, 데저트 경에게는 그런 도움을 부탁할 처지가 아니라는 것을 자각하고 있어서 말을 꺼내지 못하고 미적거리는 거라고, 그때는 그렇게 생각했다. 하지만 여행의 목적을 이루지 못한 채 헛걸음을 하고 싶지는 않아서, 나는 결국 도움을 청했다. 데저트 경은 한없이 너그러운 품성을 지녔고, 나 자신과 관련해서 말하면 내가 물려받게 될 재산이 어느 정도인지를 꼬치꼬치 캐물은 결과가 아니라 내가 자기 친척들과 친한 사이라는 것을 알고 내 처지를 깊이 동정했기 때문에 더욱 나를 너그럽게 대해주었지만, 그래도 내 부탁을 받고는 주저했다. 그는 대금업자들과는 어떤 관계도 맺고 싶지 않다고 말하고, 그런 거래가 친척이나 친지들의 귀에 들어가지나 않을까 걱정했다. 게다가 데저트 경은 자기가 앞으로 물려받을 유산은 앨터몬트 경보다 훨씬 제한되어 있기 때문에, 자기가 보증인으로 서명해봤자 비기독교도인 내 친구들에게 과연 쓸모가 있을지 의심스럽다고 말했다. 하지만 그는 내 부탁을 단호히 거절해서 나한테 굴욕감을 주고 싶지는 않은 것 같았다. 잠시 생각한 뒤, 그는 자기가 제시하는 조건을 받아들인다면 보증을 서주겠다고 약속했다. 당시 데저트 경은 아직 열여덟 살이 되지 않았지만, 이때 그가 보여준 훌륭한 분별과 신중함은 세련되고 예의바른 태도(그의 이런 태도는 젊은이 특유의 진지함이 갖는 매력을 띠고 있었다)와 한데 어우러져 있었다. 그 후 나는 그때 일을 돌이켜 생각하면서, 어떤 정치가—외교적 수완이 뛰어나고 노련한 원로 정치가—가 그런 상황에서 그보다 훌륭하게 행동할 수 있었을지 의문이 들 때가 많았다. 실제로 대다수 사람들은 그런 부탁을 받으면 사라센인의 머리*처럼 근엄하고 험악한 표정으로 당신을 바라볼 게 뻔하다.

  데저트 경의 이 약속은 비록 최선은 아니었지만 내가 혼자 상상한 최악의 것보다는 훨씬 나았기 때문에, 나는 다시 기운을 얻어 런던을 떠난 지 사흘 만에 윈저에서 합승마차를 타고 런던으로 돌아갔다. 이제 내 이야기도 끝날 때가 되었다. 유대

---

*이 그림은 방패의 문장(紋章)이나 여관 간판에 사용되었다.

인들은 데 퀸시 경의 조건을 받아들이지 않았다. 그들이 결국 그 조건을 받아들였을지, 아니면 충분한 조사를 하는 데 필요한 시간을 벌고 있었을 뿐인지는 모르지만, 일은 계속 지연되었고, 시간은 계속 흘러갔고, 그들에게 받은 지폐에서 쓰고 남은 마지막 몇 푼도 그냥 녹아버리듯 사라졌다. 이 일이 어떤 결말에 이르기 전에 나는 과거의 비참한 상태로 돌아갔을 게 분명하다. 하지만 이 위기에서 갑자기, 거의 우연히 내 친구들*과 화해할 길이 열렸다. 나는 서둘러 런던을 떠나 멀리 떨어진 곳**으로 갔다. 얼마 후 나는 대학***에 진학했다. 내가 런던을 다시 방문할 수 있게 된 것은 오랜 세월이 지난 뒤였다. 런던은 내가 젊은 시절에 겪은 고통의 주요 무대로서 나에게 더없이 흥미로운 곳이 되었고, 오늘날까지도 여전히 흥미로운 곳으로 남아 있다.

그런데 가엾은 앤은 어떻게 되었을까? 이 글을 마무리하는 말은 앤을 위해 남겨두었다. 나는 런던에 머무는 동안 앤과 약속한 대로 티치필드 가 모퉁이에서 날마다 앤을 찾았고, 밤마다 앤을 기다렸다. 그리고 앤을 알 만한 사람이면 누구에게나 앤의 소식을 물어보았고, 런던을 떠나기 직전까지 런던에 대한

---

*후견인들을 가리킨다. 드 퀸시는 리버풀에 사는 베스트 부인에게 런던 주소를 알려주었다. 1804년 1월에 베스트 부인을 통해 후견인인 홀 씨에게 화해의 편지를 보냈다.
**베스트 부인이 사는 리버풀.
***옥스퍼드 대학의 우스터 칼리지.

내 지식을 총동원하고 한정된 내 능력을 최대한 발휘하여 앤의 행방을 찾았다. 나는 앤이 살았던 동네는 알았지만, 사는 집은 알지 못했다. 마침내 나는 앤이 집주인에게 학대받은 이야기를 생각해냈다. 그렇다면 앤은 우리가 헤어지기 전에 이미 셋방을 떠났을 가능성도 있었다. 앤은 아는 사람이 거의 없었다. 게다가 대다수 사람들은 내가 열심히 앤을 찾는 것이 그들의 웃음이나 경멸을 불러일으키는 동기 때문이라고 생각했다. 또 어떤 사람들은 앤이 나한테 물건이나 푼돈을 훔쳐 달아났기 때문에 내가 그렇게 열심히 찾아다니는 거라고 생각했다. 그들이 나한테 줄 단서가 있다 해도 주기를 꺼린 것은 당연했고, 충분히 용납할 수 있는 일이었다.

런던을 떠나는 날, 나는 한두 번 우리와 어울렸기 때문에 앤의 얼굴을 알고 있을 게 분명한(나는 그렇게 확신했다) 유일한 사람에게 우리 가족의 주소—체셔의 수도원*—를 남겼다. 이것은 필사적인 마지막 수단이었다. 하지만 지금 이 순간까지도 나는 앤에 대해 한마디 소식도 듣지 못했다. 이것은 대다수 사람들이 이 세상에서 마주치는 고통 중에서도 나에게는 가장 쓰라린 고통이었다. 앤이 살아 있다면 우리는 런던이라는 거대한 미로 속에서 같은 순간 서로를 찾고 있었을 게 분명하다. 어쩌면 서로 몇 미터밖에 떨어져 있지 않은 순간도 있었을 것이다. 런던 거리보다 넓지 않은 장애물조차도 결국 영원한 이별을 초

---

*드 퀸시의 어머니가 살고 있던 집의 이름. 원래 수도원(프라이머리)이었던 곳을 개축했다.

래하는 경우가 많다! 몇 년 동안 나는 앤이 살아 있기를 바랐고, 런던을 방문할 때마다 앤을 만날 수 있을지 모른다는 희망을 품고 '1만(myriad)'이라는 낱말을 문자 그대로 사용하여 수만 명의 여자 얼굴을 들여다보았다고 말할 수 있다. 나는 앤을 잠깐이라도 보기만 하면 수천 명 속에 섞여 있어도 알아볼 수 있다. 앤은 그렇게 예쁘지는 않지만 표정이 상냥하고 고개를 움직이는 동작이 독특하고 우아하기 때문이다. 나는 희망을 품고 앤을 찾았다고 말했다. 몇 년 동안은 그랬지만, 지금은 앤을 만나는 것이 두렵다. 앤과 헤어질 때 나를 슬프게 했던 앤의 기침이 이제는 나에게 위안을 준다. 나는 이제 더 이상 앤을 보고 싶지 않다. 차라리 무덤 속에 누운 지 오래된 사람으로 생각하고 싶다. 모욕과 잔인함이 그녀의 천진한 본성을 흐리거나 변형시키기 전에, 또는 잔인무도한 악당들이 시작한 파괴를 끝내기 전에, 회개한 창녀 막달라 마리아처럼 이 세상을 떠나 무덤 속에 누워 있기를 간절히 바랄 뿐이다.

제2부

그러므로 옥스퍼드 가여, 냉혹한 계모여! 고아들의 한숨 소리를 듣고 아이들의 눈물을 마시는 그대여, 마침내 나는 그대로부터 해방되었다. 이제 나는 괴로워하며 그대의 끝없는 테라스를 걷지 않을 것이고, 굶주림의 고통에 사로잡힌 채 꿈을 꾸고 잠에서 깨어나지 않을 것이다. 드디어 그때가 왔다. 나와 앤에게는 너무나도 많은 후계자들―우리의 불운을 상속받은 자들―이 그때부터 우리 발자국을 따라왔을 게 분명하다. 앤이 아닌 다른 고아들도 한숨을 쉬었고, 다른 아이들도 눈물을 흘렸다. 옥스퍼드 가여, 그대는 그 후에도 헤아릴 수 없이 많은 가슴의 신음소리를 되울렸을 게 분명하다. 하지만 내가 버티어 낸 폭풍우가 나 자신에게는 오랫동안 맑은 날씨가 계속될 거라는 약속처럼 여겨졌다. 내가 일찌감치 어린 나이에 맞돈으로 치른 고통은 앞으로 다가올 오랜 세월을 사는 몸값, 오랫동안 슬픔을 면제받는 대가로 받아들여졌다. 내가 (자주 그랬듯이) 또다시 런던 거리를 혼자 생각에 잠겨 걸어도, 그때 내 마음은 대개 고요하고 평화로웠다. 내가 런던에 처음 왔을 때 겪은 불행이 내 신체 조직에 깊이 뿌리를 내린 것은 사실이지만, 그 후 그 불행들이 싹을 내고 잎이 무성해져서 내 후반생에 어두운 그림자를 던진 해로운 나무로 자란 것도 사실이지만, 나는 고통의 이 두 번째 공격에는 전보다 확고한 불굴의 정신과 더욱 성숙해진 지성에 의지하여 꿋꿋하게 맞섰고, 동정적인 애정*—그것은 얼마나 깊고 부드러운가!—도 내 고통을 많이 덜어주었다.

하지만 그런 것들이 고통을 덜어주었다 해도, 공통된 뿌리에서 나온 고통의 미묘한 고리가 서로 멀리 떨어져 있는 세월을 하나로 연결해주었다. 여기에 인간의 욕망이 얼마나 근시안적인가를 알려주는 한 예가 있다. 처음 런던에 와서 지낼 때의 그 슬프고 쓸쓸했던 시절, 달밤이면 나는 자주 옥스퍼드 가에서 메릴본** 중심부를 꿰뚫고 들판과 숲으로 이어진 모든 길을 차례로 바라보면서 위안을 얻었다. 일부는 달빛 속에 놓여 있고 일부는 그늘 속에 놓여 있는 그 긴 풍경을 눈으로 훑으면서 나는 말했다. "저건 북부로 가는 길이고, 따라서 그래스미어***

---

*드 퀸시가 1815년에 결혼한 마거릿 심프슨의 애정을 말한다.
**런던 중서부 지역. 지금은 웨스트민스터 구의 일부.
***잉글랜드 북서부 컴브리아에 있는 레이크 지방의 마을. 드 퀸시가 존경한 시인 워즈워스가 이곳에 살고 있었다.

로 통하는 길이야. 나에게 비둘기 날개*가 있다면 위안을 찾아 저쪽으로 날아갈 텐데." 나는 어리석게도 그렇게 말했고, 그렇게 바랐다. 하지만 내 고통의 두 번째 탄생이 시작된 곳, 고통이 삶과 희망의 성채를 포위하겠다고 또다시 위협한 곳은 바로 그 북부 지방, 바로 그 골짜기, 아니 내 잘못된 소망이 가리킨 바로 그 집**이었다.

그곳에서 나는 몇 년 동안이나 오레스테스***의 침대에 출몰한 것과 같은 추악하고 무시무시한 환영들에게 박해를 받았다. 아니, 이 점에서는 내가 오레스테스보다 더 불행했다. 모든 사람에게 휴식과 회복으로 찾아오는 잠이 특히 오레스테스에게는 상처 입은 마음과 환영에 사로잡힌 머리를 치유하는 고마운**** 위안이었지만, 나에게는 가장 혹독한 징벌로 찾아왔기 때문이다. 이렇게 내 소망은 맹목적이었다. 하지만 사람의 눈앞에 베일이 드리워져 앞으로 다가올 불행을 보지 못하게 한다면, 그 베일은 불행을 완화시켜주는 위안도 그가 보지 못하게

---

*구약성서 〈시편〉 55장 6절. "내가 비둘기처럼 날개가 있다면 날아가서 편히 쉬리로다."
**1809년에 드 퀸시는 그때까지 워즈워스가 살고 있었던 그래스미어 골짜기의 작은 집인 '도브 코티지'에 정착했다.
***그리스 신화에서 미케네 왕 아가멤논과 클리템네스트라의 아들. 어머니가 정부(情夫)와 함께 아버지를 죽이자 그 둘을 죽여 복수한 뒤, 복수의 여신 에리니에스에게 박해를 받아 미쳤으나, 다시 회복하여 부왕의 뒤를 잇는다. 고대 그리스의 비극작가 에우리피데스(기원전 484~406)의 《오레스테스》가 유명하다.
****[원주] "고마운 잠이여, 병을 치유해주는 진정제여."[에우리피데스의 《오레스테스》 211행-옮긴이]

가려버린다. 예상치도 않게 찾아온 슬픔은 바라지도 않았는데 찾아온 위안과 만난다. 따라서 오레스테스의 고통에 참여한 나는 (그의 격렬한 양심의 가책에는 참여하지 않았지만) 그의 고통 못지않게 그를 지탱해준 모든 것에도 참여했다. 나의 에우메니데스*들은 오레스테스에게 붙어 다니면서 끊임없이 괴롭힌 복수의 여신들과 마찬가지로 내 침대 발치에서 커튼을 통해 나를 들여다보았다. 하지만 내 베개 옆에는 나의 엘렉트라**가 앉아서 나를 지켜보고 있었다. 아니, 힘든 불면의 밤을 나와 함께 견디려고 자신도 잠을 잊고 내 옆에 있어주었다. 사랑하는 마거릿***이여, 내 후반생의 친애하는 반려자여, 그대는 나의 엘렉트라였기 때문이다! 마음의 고결함에서도, 참을성 있는 애정에서도, 그대는 그리스의 누이가 영국의 아내를 능가하는 것을 허용하지 않는다. 그대는 한없이 부드러운 애정으로 나를 돌보는 것을 조금도 꺼리지 않았기 때문이다. 몇 년 동안이나 내 이마에 맺힌 병적인 이슬을 닦아주고, 고열로 바싹 말라버린 입술을 적셔주고, 걸핏하면 나에게 "더 이상 잠자지 말라!"****고 명령하는 환영이나 유령 같은 적들과 나의 끔찍한 싸움을 보고,

---

*그리스 신화에 나오는 복수의 여신들. 원래는 티시포네·알렉토·메가이라 등의 세 에리니스(에리니에스의 단수)였지만, 올림포스 신들의 법정에서 어머니를 죽인 오레스테스가 무죄 선고를 받은 대신, 에리니에스는 신전을 얻고 이름도 '자애로운 여신'을 뜻하는 에우메니데스로 바뀌었다.
**그리스 신화에 나오는 아가멤논의 딸. 동생 오레스테스를 도와, 아버지를 죽인 어머니와 그 간부(姦夫)를 죽이게 하였다. 소포클레스의 《엘렉트라》가 유명하다.
***드 퀸시의 아내.
****셰익스피어의 《맥베스》 2막 2장에서.

오랜 동정 때문에 그대의 평화로운 잠마저 내 불면에 감염되었을 때조차도 그대는 불평 한마디 하지 않고, 투덜거리지도 않고, 천사 같은 미소를 거두지도 않고, 먼 옛날 엘렉트라가 했던 것보다 더 지극한 사랑의 봉사에서 꽁무니를 빼지도 않았다. 엘렉트라는 그리스 여자였고 만인의 왕 아가멤논의 딸이었지만, 그녀도 역시 때로는 흐느껴 울었고 옷소매로 얼굴을 가렸기* 때문이다.

하지만 이런 고통은 다 지난 일이다. 당신은 우리 두 사람에게 그토록 비통했던 시절의 기록인 이 글을 이제 두 번 다시 돌아올 수 없는 기괴한 꿈의 전설로 읽어줄 것이다. 그런데 나는 지금 다시 런던에 있고, 밤에 옥스퍼드 가를 다시 걸어 다닌다. 나는 자주 불안에 사로잡히고, 그러면 내 철학을 모두 동원해야 할 뿐만 아니라, 나를 지탱해주는 당신의 존재에서 위안을 얻어야 한다. 하지만 나는 당신에게서 500킬로미터나 떨어져 있고, 지루하게도 석 달 동안이나 떨어져 있었다는 것을 상기한다. 그러면 나는 달밤에 옥스퍼드 가에서 북쪽으로 뻗은 길을 바라보고, 젊은 시절의 고뇌의 절규를 회상한다. 그리고 당신이 지금 그 골짜기에, 19년 전 내 어리석은 마음이 동경했던

---

*[원주] 지식깨나 있는 사람은 내가 이 단락에서 계속《오레스테스》의 초반부 장면을 인용하고 있다는 것을 알 것이다. 그것은 에우리피데스의 많은 희곡 중에서도 가족애를 가장 아름답게 보여주는 장면들 가운데 하나인데, 영국 독자들에게는 이 초반부의 상황을 말해둘 필요가 있을 것이다. 남동생이 악마에게 사로잡힌 것처럼 양심의 가책에 시달리고(신화에서는 복수의 세 여신에게 끊임없이 시달리고), 적들에게 당장이라도 공격당할 수 있는 위험한 상황에 놓여 있고, 이름뿐인 친구들에게는 버림을 받거나 냉대를 당하는 동안, 그를 돌봐주는 것은 오직 누나뿐이다.
**그래스미어의 골짜기에 있는 '도브 코티지'.

바로 그 집**의 안주인으로 혼자 앉아 있는 것을 생각하면, 내가 정말 어리석었다는 생각이 든다. 나에게 그런 마음을 불러일으킨 원인이 요즘에는 바람에 날아가버린 것처럼 말끔히 사라졌지만, 어쩌면 더 먼 시절과 관계가 있었을지도 모르고, 다른 뜻으로 읽으면 정당화될 수 있을지도 모른다. 내가 어린 시절의 무력한 소망으로 다시 내려갈 수 있다면, 북쪽을 바라보면서 나 자신에게 다시 말할 것이다. "오, 나에게 비둘기 날개가 있다면……" 그리고 당신의 선량하고 우아한 성질을 믿고, 내 절규의 나머지 절반을 덧붙일 수도 있을 것 같다. "나는 위안을 찾아서 그쪽으로 날아갈 텐데!"

아편의 쾌락

 내가 아편을 처음 복용한 것은 너무 오래전이라서, 그것이 내 인생에서 시시한 사건이었다면 그 날짜 따위는 까맣게 잊어버렸을지도 모른다. 하지만 중요한 사건은 잊을 수 없는 법이다. 아편과 관련된 상황에서 생각나는 것은, 내가 아편을 처음 입에 댄 날짜가 1804년 가을까지 거슬러 올라가야 한다는 것이다. 그 계절에 나는 런던에 있었다. 대학에 들어간 이후 런던에 간 것은 그때가 처음이었다. 내가 아편을 알게 된 사정은 다음과 같다.

 나는 일찍부터 적어도 하루에 한 번은 찬물에 머리를 감는 버릇이 있었는데, 갑자기 치통을 앓게 되자 그 버릇을 우연히 중단한 것이 신경을 이완시킨 탓이라고 생각한 나머지, 침대에서 벌떡 일어나 찬물이 가득 담긴 대야에 머리를 집어넣은 다음, 머리가 젖은 채 다시 잠자리에 들었다. 말할 필요도 없겠지만, 이튿날 아침에 나는 머리와 얼굴에 살을 도려내는 듯한 류머티즘적 통증을 느끼고 잠에서 깨어났다. 그리고 약 20일 동안 그 고통은 잠시도 줄어들지 않았다. 21일째 되는 날은 아마 일요일이었겠지만, 나는 거리로 나갔다. 뚜렷한 목적이 있어서라기보다, 내 고통에서 가능하면 달아나고 싶었기 때문이다. 길에서 우연히 대학 친구를 만났는데, 그 친구가 아편을 권했다. 아편! 상상할 수도 없는 쾌락과 고통을 주는 무서운 약제! 나는 만나나 암브로시아*에 대해 들었을 때와 비슷한 기분을 느꼈을 뿐, 그 이상은 아니었다. 당시에는 아편이 얼마나 무의미한 소리였던가! 그런데 지금은 얼마나 진지하게 내 심금을 울리는가! 얼마나 슬프고도 행복한 기억들의 가슴 떨리는 진동인가! 잠시 그때를 돌아보면, 처음으로 나에게 '아편쟁이들의 낙원'을 열어준 장소와 시간과 사람에 얽힌 지극히 사소한 상황에도 신비로운 의미가 담겨 있음을 느낀다.

그것은 일요일 오후였다. 비가 내리는 음침한 날씨였다. 우리의 이 지구가 보여줄 수 있는 가장 음산한 광경은 비오는 일요일의 런던이다. 나는 집으로 가려면 옥스퍼드 가를 지나가야 했다. "당당한 판테온"**(워즈워스 씨가 시에서 정중하게 불렀듯이) 근처에서 약종상의 가게가 눈에 들어왔다. 약종상—천

---

*만나: 구약성서 〈출애굽기〉(16장 14~36절)에서, 이집트에서 탈출하여 약속의 땅 가나안을 향해 방랑하던 이스라엘 민족이 아라비아 황야에서 신에게 얻은 음식. 암브로시아: 그리스 신화에 나오는 신들의 음식. 꿀·물·과일·치즈·올리브유 등으로 만든 것이며, 신들이 영생하는 것도 바로 이 신묘한 음식 때문이라고 한다.
**워즈워스의 〈음악의 힘〉 3행. '판테온'은 옥스퍼드 가에 있었던 오락장.

상의 쾌락을 그런 줄도 모르고 베푸는 사람—은 비 내리는 일
요일에 호응한 것처럼 흐리멍덩하고 우둔해 보였다. 이 세상
의 약종상이라면 일요일에는 누구나 그렇게 보일 거라고 여겨
졌다. 내가 아편팅크*를 달라고 하자, 그는 누구나 그러듯 아무
렇지도 않게 아편팅크를 내주었다. 게다가 내가 건네준 1실링
을 받고, 진짜 나무 서랍에서 진짜 반 페니짜리 동전처럼 보이
는 것을 꺼내 나에게 거스름돈으로 돌려주었다. 그가 인간이라
는 징후를 그렇게 드러냈는데도 불구하고, 그 후 그는 내 마음
속에서, 특별한 사명을 띠고 지상의 나에게 보내져 더없는 행
복을 베푸는 영원불멸의 약종상의 모습으로 존재했다. 다음에
런던에 갔을 때 당당한 판테온 근처에서 그를 찾았지만 끝내
찾지 못한 것이 나의 이런 생각을 뒷받침한다. 그의 이름(실제
로 그에게 이름이 있었다면)도 모르는 나에게 그는, 육체를 갖
춘 여느 사람들처럼 다른 곳으로 이동했다기보다 옥스퍼드 가
에서 그냥 사라진 것처럼 보였다. 독자들은 그를 달 아래의 평
범한 약종상에 불과하다고 생각하고 싶을 것이다. 사실 그럴지
도 모르지만, 내 믿음이 더 낫다. 나는 그가 사라져버렸거나**

*아편을 알코올에 녹인 것. 드 퀸시는 19세기 초의 아편쟁이들이 대부분 그랬듯이
아편을 팅크 형태로 복용했다.
**[원주] 그런 식으로 인생 무대에서 퇴장하는 것은 17세기에도 잘 알려져 있었던
모양이지만, 당시 그것은 왕가의 피를 이어받은 사람의 특권이었고, 약종상에게는
결코 허용되지 않는 일이었다. 1686년경, 좀 불길한 이름을 가진 시인(그는 충분
히 이름값을 했다), 즉 플래트먼('지루한 사람'이라는 뜻—옮긴이) 씨는 찰스 2세의
죽음에 대해 이야기하면서, 왕이 죽는다는 어리석은 행위를 저지른다는 데 놀라움
을 표현하고 있다. 그의 말에 따르면 "왕은 죽는 것을 경멸하고, 그냥 사라져야 하
기" 때문이다. 왕들은 이 세상에서 저 세상으로 종적을 감추어야 한다.

증발했다고 믿는다. 그래서 나는 처음으로 나에게 그 천상의 영약을 알게 해준 시간과 장소와 인간을 어떤 지상의 기억과도 결부시키고 싶지 않다.

숙소에 도착하자 나는 잠시도 시간을 낭비하지 않고 처방된 분량을 복용했다(고 생각해도 좋다). 당연한 일이지만, 나는 아편을 복용할 때의 의식이나 복용 방법을 전혀 몰랐다. 말하자면 지극히 불리한 상태에서 아편을 복용한 것이다. 하지만 아편을 복용하고 한 시간이 지나자—오오, 맙소사! 얼마나 엄청난 변화인가! 내 마음이 가장 낮은 나락에서 하늘 높이 올라갔다! 내 안에 세계가 계시되었다! 고통이 사라진 것은 이제 내 눈에는 지극히 하찮은 일이었다. 이 소극적인 효과는 내 앞에 펼쳐진 적극적인 효과의 거대함에—그렇게 갑자기 드러난 신성한 쾌락의 심연 속에 삼켜지고 말았다. 그것은 만병통치약이었다. 인간의 모든 고통을 치료하는 진통제였다. 철학자들이 그렇게 오랫동안 논쟁을 벌여온 행복의 비밀이 당장 발견되었다. 행복은 이제 1페니만 주면 살 수 있는 것이었고, 조끼 주머니에 넣어서 가지고 다닐 수도 있는 것이었다. 휴대용 황홀경은 1파인트들이 술병에 담아서 코르크 마개를 할 수 있고, 마음의 평화는 우편마차에 실려 몇 갤런씩 보내질 수도 있었다. 하지만 내가 이런 식으로 이야기하면 독자들은 내가 웃고 있을 거라고 생각할 것이다. 아편을 많이 다루고 깊은 관계를 맺고 있는 사람은 아무도 오래 웃지 않을 거라고 나는 장담할 수 있다. 아편의 쾌락조차도 엄숙하고 진지한 성격을 띠고 있다. 아편쟁이는 가장 행복한 상태에서도 "쾌활한 사람(L'Allegro)"의 성격으로 자신을 표현할 수 없다. 그럴 때에도 그는 "사려 깊은 사람(Il Penserose)"*이 된 것처럼 말하고 생각한다. 하지만 나는 불행의 한복판에 있으면서도 이따금 농담을 하는 괘씸한 버릇이 있다. 더 강력한 감정이 나를 억제하지 않으면, 고통이나 쾌락을 기록하는 이 연대기에서도 그 점잖지 못한 버릇이 나오지 않을까 걱정스럽다. 독자들은 이 점에서 의지가 박약한 내 본성을 조금은 고려해주어야 한다. 그런 너그러움을 베풀어준다면, 나는 아편이라는 주제에 어울리게 졸음을 유발하지는 않더라도 진지해지도록 애써보겠다. 사실 아편은 사람을 쾌활하게 만드는 흥분제가 아니고, 아편이 졸음을 유발한다는 것도 잘못된 평판이다.

우선 아편이 신체에 미치는 효과에 대해 한마디 하겠다. 터키를 방문한 여행자들(그들은 먼 옛날부터 거짓말하는 특권을 누렸다고 주장할지도 모른다)이나 '권위로써(ex cathedrâ)' 글을 쓰는 의학교수들이 지금까지 아편에 대해 쓴 모든 글에 대해 나는 단호히 비판할 수밖에 없다. 거짓말! 거짓말! 거짓말! 이라고. 한번은 책방 앞을 지나가다가 어느 풍자작가의 책에 나온 이런 말이 눈에 띈 것이 생각난다. "이때쯤에는 런던 신문들이 적어도 일주일에 두 번, 즉 화요일과 토요일**에는 진실

---

*쾌활한 사람, 사려 깊은 사람: 밀턴이 젊은 시절에 쓴 자매시. 이 시편들에서 노래하고 있는 명과 암의 성격을 가진 인물을 가리킨다.
**화요일과 토요일은 관보가 나오는 날이다. 파산자 명단이 공표되었다.

을 말한다고, 그날 신문에 실린 파산자 명단은 믿어도 된다고 확신하게 되었다." 이와 마찬가지로 아편에 대해서도 약간의 진실이 세상에 전해졌다는 것을 나는 결코 부인하지 않는다. 아편의 색깔이 암갈색이라는 것은 학자들이 되풀이 주장한 것이고, 분명히 말하지만 이것은 나도 인정한다. 둘째, 아편은 상당히 비싸다. 이것도 나는 인정한다. 내가 아편을 복용할 당시, 동인도산 아편은 1파운드에 3기니였고 터키산 아편은 8기니였기 때문이다. 셋째, 아편을 너무 많이 먹으면 거의 틀림없이 죽는다.* 아편을 습관적으로 사용하는 사람에게는 아편 과다 복용이 특히 불쾌한 작용을 한다. 이 세 가지 중요한 명제는 모두, 그리고 각각 사실이다. 나는 그것을 부정할 수 없고, 진실은 과거에도 미래에도 칭찬할 만하다. 하지만 지금까지 사람들이 아편이라는 주제에 대해 축적한 지식은 이 세 가지 명제뿐이라고 나는 믿는다.

그러니까 훌륭한 의사들이여, 더 많은 사실을 발견할 여지는 충분한 것 같으니까, 옆으로 비켜서서 내가 앞으로 나아가 이 문제에 대해 강의하는 것을 허락해달라.

그러면 우선 명시적으로든 부수적으로든 아편에 대해 언급

---

*[원주] 하지만 여기에 대해서도 요즘 학자들은 의문을 품은 모양이다. 알렉산더 버컨[런던의 개업의(1764~1824)-옮긴이]의 《가정의학》 해적판—언젠가 나는 한 농부의 아내가 자신의 건강을 위해 이 책을 공부하고 있는 것을 본 적이 있다—에서 저자는 이렇게 말했기 때문이다. "아편팅크를 한 번에 '25온스' 이상 먹지 않도록 각별히 조심할 것." 정확히 읽으면 아마 '25방울'일 테고, 이것은 생아편 1그레인에 해당한다.

하는 사람은 모두 아편이 중독을 일으킬 수 있다는 것을 주장한다기보다 오히려 당연하게 생각한다. 독자들이여, '나의 책임으로(meo perieulo)' 장담하건대, 어떤 분량의 아편도 중독을 일으키지 않으며, 일으킬 수도 없다. 아편팅크(흔히 아편제라고 불린다)는 충분히 복용할 수만 있다면 확실히 중독을 일으킬 수 있다. 하지만 왜 그럴까? 아편팅크에는 아편이 많이 들어 있기 때문이 아니라 표준 강도의 알코올이 많이 들어 있기 때문이다. 하지만 단언하거니와, 생아편은 알코올이 만들어낸 것과 비슷한 신체 상태를 절대 만들어낼 수 없다. 단지 효과의 '정도'만 다른 것이 아니라 효과의 '종류'도 전혀 다르고, 효과의 양만이 아니라 효과의 질에서도 아편은 알코올과 전혀 다르다. 포도주가 주는 쾌락은 언제나 고조되어 고비에 이른 뒤에는 점점 약해진다. 아편이 주는 쾌락은 일단 생겨나면 여덟 시간 내지 열 시간 동안 같은 상태를 유지한다. 의학의 전문용어를 빌리면, 전자는 급성 쾌락이고 후자는 만성 쾌락이다. 전자는 확 타오르는 불꽃이고, 후자는 꾸준히 한결같은 빛과 열을 내는 백열이다.

하지만 주요한 차이점은, 포도주가 정신 기능을 혼란시키는 반면 아편은 (적절히 복용하면) 정신 기능에 완벽한 질서와 규율과 조화를 가져온다는 데 있다. 포도주는 인간의 냉정함을 빼앗지만, 아편은 냉정함을 크게 활성화한다. 포도주는 판단력을 어지럽히고 흐리게 하며, 술을 마시는 사람의 경멸과 존경, 사랑과 증오에 초자연적 광채를 주고 그것들을 생생하게 강화한다. 반대로 아편은 능동적이거나 수동적인 모든 정신 기능에 평온과 균형을 전달한다. 일반적으로 기질과 도덕심에 대해 말하면, 아편은 판단력을 발휘하는 데 유리하고 원시시대나 노아의 홍수 이전의 건강한 신체 구조에는 아마 항상 수반될 그 필수불가결한 온기를 준다. 예를 들면 아편은 포도주와 마찬가지로 심장과 자비로운 애정을 확장시킨다. 하지만 그 경우에도 아편과 포도주 사이에는 이런 두드러진 차이점이 있다. 술에 취하면 갑자기 생겨나는 친절한 마음씨는 항상 다소는 감상적인 성질을 띠게 마련이고, 그래서 방관자의 경멸을 사기 쉽다. 술에 취한 사람들은 악수를 하고 영원한 우정을 맹세하고 눈물을 흘리지만, 아무도 그 이유를 모른다. 관능적 인간이 이제 우위를 차지하고 있는 것은 분명하다. 하지만 아편에 수반되는 자비로운 감정의 확대는 결코 열병의 발작이 아니라, 원래 공정하고 선량했던 마음의 충동들과 싸우고 그것을 혼란시킨 뿌리 깊은 고통이 제거되면 마음이 자연히 되돌아가는 그 상태로 건강하게 회복되는 것이다. 포도주도 어느 정도까지는, 그리고 사람에 따라서는 지성을 강화하고 안정시키는 데 이바지하는 것은 사실이다. 나 자신은 포도주를 많이 마신 적이 없지만, 여섯 잔 정도의 포도주는 정신 기능에 유리하게 작용하는 것을 발견하곤 했다. 적당한 술은 마음을 쾌활하게 하고 의식을 강화하며, 마음에 "스스로 균형 잡힌(ponderibus librata suis)"* 느

---

*오비디우스의 《변신 이야기》 제1권 13행.

낌을 주었다. 어떤 사람이 술을 마시고 자신을 위장한다고 흔히들 말하지만, 분명히 그것은 불합리하기 짝이 없는 말이다. 그와는 반대로 대다수 사람들은 취하지 않았을 때 자신을 위장하기 때문이다. 사람들이 자신을 위장하지 않고 진짜 성격을 드러내는 것은 (아테나이오스의 저서*에서 어떤 노신사가 말했듯이) 술을 마시고 있을 때다. 하지만 그래도 포도주는 끊임없이 사람을 어리석음과 터무니없는 언동으로 이끌어가고, 어떤 한계를 넘으면 반드시 지적 활력을 증발시키고 흩어지게 한다. 반면에 아편은 항상 어지럽게 휘저어진 것을 가라앉히고, 뿔뿔이 흩어진 것을 집중시키는 것 같다. 요컨대 한 마디로 요약하면 술에 취한 사람이나 음주벽이 있는 사람은 그의 본성 가운데 단순한 인간적 부분—대개는 짐승 같은 부분—의 지배를 받는 상태에 있고, 자신도 그렇게 느낀다. 하지만 아편쟁이(여기서 내가 말하는 아편쟁이는 어떤 질병이나 아편의 부작용에 시달리지 않는 사람이다)는 자신의 본성 가운데 신성한 부분이 더 우위에 있다고 느낀다. 즉 도덕적 감정은 구름 한 점 없이 평온한 상태에 있고, 당당한 지성의 밝은 빛이 충만한 상태다.

이것이 아편이라는 주제에 대한 정통파의 교리이고, 나는 이 교파의 유일한 신자,** 즉 알파와 오메가***를 자처하고 있

---

*아테나이오스는 2세기에서 3세기에 걸쳐 살았던 그리스의 학자. 저서는 《현인들의 향연》.
**1856년의 개정판에서 드 퀸시는 이 대목을 "나는 이 교파의 교황을 자처하고 있다"로 바꾸었다. 1856년경에는 그 외에도 많은 '신자'가 있었다는 뜻이다.
***신약성서 〈요한계시록〉 1장 8절. "나는 알파와 오메가이니……."

다. 하지만 나는 넓고 깊은 개인적 경험을 바탕으로 말하고 있
다는 점을 상기해야 한다. 반면에 아편을 다루어본 적이 있는
비과학적인* 저술가들, 그리고 이 약물에 대해 명쾌하게 글을
쓴 저자들조차도 대부분 아편의 작용에 대해 직접 경험으로 얻
은 지식을 전혀 갖고 있지 않다는 것은 그들이 아편에 대해 표
현하고 있는 두려움만 보아도 명백하다. 하지만 나는 아편의
중독성에 대한 내 불신을 흔들리게 할 만한 증거를 가진 사람
을 만난 적이 있다고 솔직하게 인정하겠다. 그 사람은 의사**
였고, 자신도 아편을 많이 복용했다. 그의 적들은 그가 정치에
대해 허튼소리를 한다고 비난하고, 그의 친구들은 그가 끊임없

---

*[원주] 어리석은 의견을 말하여 아편과는 아무 관계도 맺은 적이 없다는 것을 충
분히 보여주고 있는 수많은 여행자들 중에서 특히 《아나스타시오스》의 저자[토
머스 호프(1769~1830)-옮긴이]를 조심하라고 독자들에게 경고해야 한다. 독자
들은 이 신사의 재치에 넘어가 그를 아편쟁이로 생각할지 모르지만, 그가 제1권
215~217쪽에서 아편의 효과에 대해 터무니없는 말을 하고 있는 것을 보면 도저
히 그를 아편쟁이로 생각할 수 없다. 생각해보면 저자 자신에게도 그렇게 보일 게
분명하다. 내가 강조한 오류들(그리고 그 밖의 오류들)은 그 책에 충분히 나와 있
지만, 그것들을 차치하더라도 "눈처럼 하얀 수염"을 기르고 "아편을 충분히 복용"
하고도 습관적인 아편 복용이 미치는 해로운 영향에 대해 매우 중요한 조언이라고
자타가 인정하는 말을 할 수 있는 노신사는, 아편이 사람을 일찍 죽게 하거나 정신
병원으로 보낸다는 것과는 그다지 상관없는 증거일 뿐이라는 사실을 저자 자신도
인정할 것이기 때문이다. 하지만 내가 이 노신사를 조사하고 그가 그런 말을 하는
동기를 조사해보면, 사실 노신사는 아나스타시오스가 늘 지니고 다니는 "작은 황
금색 용기에 든 치명적인 약물"에 매혹된 것이다. 노신사에게는 그 약의 주인에게
겁을 주어 꼼짝 못하게 하는 것만큼 안전하고 확실하게 약을 손에 넣을 수 있는
방법이 머리에 떠오르지 않았다(그런데 약의 주인은 지적 능력이 가장 뛰어난 사
람은 결코 아니었다). 이 설명은 문제에 새로운 빛을 던지고, 이야기로서의 질을
크게 향상시킨다. 노신사의 말을 약학 강의로 생각하면 전혀 이치에 맞지 않지만,
아나스타시오스에 대한 속임수로 생각하면 무척 재미있게 읽히기 때문이다.
**아마 콜리지와 드 퀸시를 치료한 적이 있는 애버네시 박사(1764~1831)일 것이다.

이 아편에 중독된 상태에 있다는 말로 그를 변호한다는 소문을 들었기 때문에, 나는 (들은 대로) 그에게 말했다. 그 비난은 '언뜻 듣기에는(primâ facie)' 터무니없지 않지만, 당신에 대한 변호는 터무니없다고. 그러자 놀랍게도 그는 자신의 적과 친구들이 양쪽 다 옳다고 단언했다. "나는 실제로 허튼소리를 한다고 주장하겠소. 둘째, 나는 신조에 따라, 또는 이익을 얻기 위해서 허튼소리를 하는 것이 아니라, 오로지 그리고 단지, 오로지 그리고 단지, 오로지 그리고 단지(그는 이 구절을 세 번 되풀이했다) 아편에 취해 있기 때문에, 그것도 날마다 취해 있기 때문에 허튼소리를 하는 거라고 주장하겠소."

나는 그의 적들의 비난은 훌륭한 증거에 바탕을 둔 것 같고 관계자들이 모두 거기에 동의하고 있는 이상 내가 그것을 문제 삼는 것은 어울리지 않지만, 친구들의 변호에 대해서는 이의를 제기해야겠다고 대답했다. 그는 이 문제를 계속 논하면서 자신의 논리를 주장했다. 하지만 의사가 자기 직업과 관련된 문제에서 잘못된 생각을 갖고 있다고 주장하는 것은 너무 무례한 짓으로 여겨졌기 때문에, 그의 주장에 반박할 여지가 있을 때에도 나는 굳이 그를 추궁하지 않았다. "이익을 얻기 위해서"는 아니라 해도 허튼소리를 하는 사람이 논쟁에서 나와 대립하는 쪽이든, 나와 같은 쪽이든, 그리 기분 좋은 논쟁 상대가 아닌 것은 말할 나위도 없다. 하지만 솔직히 고백하면 의사—게다가 훌륭한 의사로 평판이 난 의사—의 권위가 나에게 불리하게 작용하는 중요한 요인으로 보일 수도 있다. 하지만 그래도 나는 내 경험을 주장할 수밖에 없다. 나는 그가 아편을 가장 많이 복용했을 때보다 무려 하루에 7천 방울이나 더 많은 양의 아편을 복용한 경험이 있다. 의사가 포도주에 취했을 때의 특징적인 증상들을 모른다고 생각할 수는 없지만, 그가 중독이라는 낱말을 너무 폭넓게 사용하는 논리적 오류를 저지르고 있을지도 모른다는 생각이 문득 떠올랐다. 어떤 병적 징후와 관련된 특이한 흥분 상태를 표현하는 것으로 범위를 한정하지 않고, 모든 형태의 신경성 흥분에까지 범위를 확대하여, 포괄적으로 중독이라고 부르는 게 아닐까. 어떤 이들은 녹차를 마시고 취했다고 나더러 들으라는 듯이 주장했다. 런던의 한 의학생—내가 그의 전문지식을 존중하는 것은 당연하다—은 일전에 나에게 단언하기를, 병에서 회복되고 있는 환자가 비프스테이크를 먹고 취했다는 것이다.

아편에 관하여 이 첫 번째 주요한 오류를 아주 상세히 논했으니까, 두 번째와 세 번째 오류—즉, 아편을 먹으면 기운이 나고 의기양양해지지만 그 후에는 반드시 그만큼 우울해지고 의기소침해진다는 것, 아편을 먹으면 심신이 활기를 잃고 무감각해지는 것이 자연스럽고 즉각적인 결과라는 것—는 간단히 논하겠다. 이 두 가지 오류 가운데 첫 번째는 그냥 간단히 부정하는 것으로 만족하겠다. 나는 10년 동안 이따금 아편을 복용했는데, 독자들에게 장담하거니와, 이 사치를 누린 이튿날은 언제나 유별나게 기분이 좋고 의기양양했다.

아편의 당연한 결과로 여겨지는 무기력, 아니 (터키의 아편쟁이들을 묘사한 수많은 그림을 믿는다면) 아편을 상용하는 습관에 반드시 수반하는 것으로 여겨지는 무기력에 대해 말한다면, 나는 그것도 단호히 부정한다. 물론 아편은 마취제로 분류되고, 결국에는 그런 효과를 낳을 수도 있지만, 아편의 주요 효능은 항상 신체를 최고도로 흥분시키고 자극하는 것이다. 아편 작용의 이 첫 번째 단계는 내가 아편을 시작한 초기에는 언제나 여덟 시간이 넘게 지속되었다. 따라서 아편의 마취 효과가 모두 수면에 작용하도록 (의학적으로 말해서) 투약 시간을 설정하지 않으면, 아편 복용자 자신의 잘못일 수밖에 없다. 터키의 아편쟁이들은 말 탄 사람들의 동상처럼, 자기들만큼 무감각한 통나무에 걸터앉는 어리석은 자들이다. 하지만 아편이 영국인의 신체 기능과 정신 능력을 얼마나 마비시킬 수 있는지를 독자들이 판단할 수 있도록 나는 (이 문제를 논쟁적이 아니라 설명적으로 다루어) 1804년에서 1812년에 런던에서 아편에 취했을 때 저녁 시간을 어떻게 보냈는지를 묘사하겠다. 적어도 나는 아편에 취해 고독을 찾지는 않았고, 하물며 터키인들처럼 자아도취에 빠져 게으르고 무기력한 상태를 추구하지도 않았다. 이렇게 말하면 광신자나 몽상가로 낙인찍힐 위험이 있지만, 그것은 별로 중요하게 생각지 않는다. 나는 열심히 공부하는 학생이었고, 나머지 시간에는 언제나 혹독할 만큼 공부에 몰두했다. 물론 나도 때로는 다른 사람들처럼 기분전환을 할 권리가 있었지만, 나는 이 권리를 나 자신에게 거의 허락하지 않았다.

    돌아가신 노퍽 공작은 이렇게 말하곤 했다. "다음 금요일에는 하늘의 축복으로 술에 취할 작정이야." 이와 마찬가지로 나도 일정한 시간 안에 얼마나 자주, 그리고 언제 아편의 유혹에 빠질 것인지를 미리 정해두곤 했다. 그때는 3주에 한 번이 고작이었고, 그보다 잦은 경우는 드물었다. 나중에는 그랬지만, 당시에는 날마다 "설탕을 넣지 않은 따끈한 아편팅크 한 잔"을 주문할 용기가 없었기 때문이다. 아니, 앞에서도 말했듯이 당시에는 3주에 한 번 이상 아편팅크를 마시는 일이 거의 없었다. 그것은 대개 화요일이나 토요일 밤이었다. 그 이유는 이렇다.

그 무렵 그라시니*가 오페라 극장에서 노래를 부르고 있었다. 그녀의 목소리는 내가 들어본 어떤 목소리보다도 매력적이었다. 나는 7~8년 동안 오페라 극장에 들어가본 적이 없어서 지금 오페라 극장이 어떤 상태인지는 모르지만, 그때는 런던에서 하룻밤을 보내기에는 가장 쾌적한 오락장이었다. 5실링을 내면 최상층 관람석에 들어갈 수 있었는데, 거기가 무대 앞의 맨바닥 좌석보다 훨씬 덜 귀찮았다. 관현악단은 영국의 어떤 관현악단보다 감미롭고 선율적이며 웅장한 소리를 들려주었다. 솔직히 말하면 영국 관현악단의 구성은 시끄러운 악기들이 우세하고 바이올린이 폭군처럼 절대 권력을 휘두르고 있어서 내 귀에는 별로 만족스럽지 않다. 코러스는 천상의 소리처럼

---

*주세피나 그라시니(1773~1850): 이탈리아의 콘트랄토 가수. 1804년부터 1806년까지 런던에서 공연했다. 뛰어난 가수일 뿐만 아니라 아름다운 여배우이기도 했다. 나폴레옹과 웰링턴 공작의 애인이라는 소문도 있었다. 오페라 극장은 코번트리가든 극장을 말한다.

듣기 좋았고, 그라시니가 자주 그랬듯이 막간에 등장하여 헥토르의 무덤 앞에 선 안드로마케*로서 열정적인 혼을 쏟아냈을 때, 아편쟁이들의 낙원에 들어가본 적이 있는 터키인들 가운데 내가 그때 맛본 쾌락의 절반이라도 느낄 수 있었던 사람이 있을지 의심스럽다. 하지만 그 야만인들이 영국인의 지적 쾌락과 비슷한 쾌락을 맛볼 수 있다고 생각하는 것은 그들에게 지나친 명예를 주는 것이다. 음악은 듣는 사람의 기질에 따라 지적 쾌락이 되기도 하고 관능적 쾌락이 되기도 하기 때문이다.

그런데 그 주제와 관련하여 《십이야》에 나오는 기상천외한 대사**를 제외하면, 모든 문학작품 가운데 음악이라는 주제에 대해 적절히 말한 대목은 하나밖에 생각나지 않는다. 그것은 토머스 브라운 경의 《의사의 종교》***에 나오는 구절이다. 그것은 주로 숭고한 문체 때문에 주목할 만하지만, 음악의 효과에 관한 진정한 이론을 지향하고 있기 때문에 철학적 가치도 갖고 있다. 대다수 사람들이 저지르는 잘못은 귀를 통해 음

---

*그리스 신화에서 테베 왕의 딸이자 트로이의 영웅 헥토르의 아내. 헥토르는 그리스의 영웅 아킬레우스에게 살해되었다. 그라시니가 노래한 것은 아마 도메니코 치마로사(1749~1801)의 오페라 《트로이를 포위한 아킬레우스》(1789년 초연)일 것이다.
**셰익스피어의 《십이야》 1막 1장에서 "음악이 사랑의 양식이라면 연주하는 게 좋다"로 시작되는 단락.
***[원주] 지금 내 옆에 책이 없어서 참조할 수는 없지만, 그 구절은 이렇게 시작되는 것 같다. "사람을 즐겁게 해주기도 하고 미치광이로 만들기도 하는 그 저속한 술집 음악조차 내 안에 발작적인 격렬한 애정을 불러일으킨다." [토머스 브라운(1605~1682): 영국의 의사·저술가. 《의사의 종교》는 종교와 과학의 대립에 있어 신앙인으로서 신념을 서술한 종교적 수상록이다-옮긴이]

악과 소통한다고 생각하는 것이다. 따라서 사람은 순전히 수동적으로 음악의 영향을 받는다고 생각하지만, 사실은 그렇지 않다. 귀가 받아들인 정보에 마음이 반응하여 쾌감이 만들어지고 ('질료'는 감각기관을 통해 들어오고, '형상'은 마음에서 나온다). 따라서 똑같이 좋은 귀를 가진 사람도 이 점에서 큰 차이를 보인다. 아편은 정신 활동을 크게 증가시키기 때문에, 당연히 음악과 관련된 그 특별한 형태의 정신 활동—우리는 이 활동을 통해 기본적인 소리를 원료로 하여 정교한 지적 쾌락을 만들어낼 수 있다—도 대체로 증가시킨다. 하지만 음악적 소리의 연속은 나에게는 아라비아 숫자의 집합이나 마찬가지라고 한 친구는 말한다. 나는 그 소리에 어떤 관념도 부여할 수 없다는 것이다. 관념이라고? 관념 따위는 필요없다. 그런 경우에 도움이 될 수 있는 모든 관념은 거기에 대응하는 감정을 표현하는 언어를 갖고 있다.

하지만 이것은 내 현재의 목적과는 관계없는 문제다. 정교한 화음의 코러스가 아름다운 무늬를 넣은 벽걸이처럼 내 모든 과거를 내 앞에 펼쳐놓았다고 말하면 충분하다. 지나온 내 인생은 기억의 작용으로 상기된 것이 아니라, 음악 속에 구체적인 모습으로 떠오른 것처럼 내 앞에 펼쳐졌다. 과거를 곰곰 생각하는 것은 더 이상 괴롭지 않았지만, 지난 사건들의 세부는 지워졌거나 몽롱한 추상으로 융합되었고, 과거의 열정은 고양되고 정화되고 승화되었다. 5실링만 내면 이 모든 것을 얻을 수 있었다. 게다가 무대나 관현악단의 음악 이외에, 막간에는 주

위에서 이탈리아 여자들이 말하는 음악적인 이탈리아어도 들을 수 있었다. 최상층 관람석은 언제나 이탈리아 사람들로 가득 찼기 때문이다. 여행가 웰드*가 캐나다에서 북아메리카 인디언 여자들의 감미로운 웃음소리에 귀를 기울이며 누워 있었을 때처럼 만족스럽게 나는 그들의 이야기에 귀를 기울였다. 말을 알아듣지 못할수록 그 말소리가 아름다운 멜로디를 이루는지 아니면 귀에 거슬리는지에 더욱 민감해지는 법이다. 따라서 내가 이탈리아어를 조금 읽기는 하지만 말하지는 못하고, 들은 이야기의 10분의 1밖에 이해하지 못할 만큼 이탈리아어 실력이 형편없었던 것이 나에게는 오히려 좋았다.

이런 것들이 내가 오페라 극장에서 얻는 즐거움이었다. 나의 또 다른 낙은 토요일 밤에만 맛볼 수 있었기 때문에, 이따금 오페라 극장에 가고 싶은 마음과 싸웠다. 그 당시에는 오페라가 화요일과 토요일 밤에 정기 공연을 했기 때문이다. 나는 이 문제에 대해 좀 애매모호한 것 같지만, 프로클루스**의 전기를 쓴 마리누스나 그 밖에 평판이 높은 많은 전기 작가와 자서전 저자들보다 더 애매모호하지는 않다고 독자들에게 장담할 수 있다. 어쨌든 이 낙은 아까도 말했듯이 토요일 밤에만 누릴 수 있었다. 그런데 왜 다른 날 밤이 아니라 하필이면 토요일 밤이

---

*아이작 웰드(1774~1856): 아일랜드의 모험가 · 여행작가. 《1795~1797년의 북아메리카와 캐나다 여행》을 썼다.
**프로클루스(410?~485): 고대 그리스의 철학자. 신플라톤주의의 마지막을 대표하는 사람으로, 기독교에 반대하여 그리스 사상을 옹호했다. 마리누스는 그의 제자.

었는가? 나는 휴식이 요구되는 노동도 하지 않았고, 받을 임금도 없었다. 그렇다면 왜 토요일 밤에 신경을 쓸 필요가 있었는가. 그라시니의 노래를 듣고 싶은 마음보다 더 강하게 나를 부른 것은 무엇인가?

논리적인 독자여, 당신 말이 맞다. 당신 말에는 반박할 수 없다. 하지만 사람의 마음이 향하는 곳은 저마다 다른 법이다. 그리고 대다수 사람들은 주로 가난한 사람들의 고통과 슬픔에 이런저런 형태로 동정심을 표현하는 것으로 그들에 대한 관심을 보이는 경향이 있지만, 그 당시 나는 오히려 그들의 낙에 공감하는 것으로 내 관심을 표현하는 경향이 있었다. 이것은 예나 지금이나 변함이 없다. 최근에 나는 가난의 고통을 너무 많이 보아서, 기억하고 싶지도 않을 정도였다. 하지만 가난한 사람들의 즐거움, 마음의 위안, 그들이 힘든 육체노동을 마치고 휴식을 취하는 것은 아무리 보아도 마음이 침울해지지 않는다. 토요일 밤은 가난한 사람들에게 주기적으로 돌아오는 주요한 정기 휴식의 계절이다. 이 점에서는 가장 적대적인 종파들도 하나가 되어 인류 동포주의의 공통된 고리를 인정한다. 거의 모든 기독교 국가가 노동을 쉰다. 그것은 이튿날의 휴식에 앞선 서론 같은 휴식이고, 힘든 일을 다시 시작할 때까지는 꼬박 하루 낮과 이틀 밤의 시간이 있다. 이 때문에 나는 토요일 밤이면 언제나 나 자신도 노동의 멍에에서 해방되어 약간의 임금을 받고 휴식의 사치를 누릴 수 있을 것 같은 기분이 든다.

그래서 나는 전적으로 공감하는 광경을 최대한 대규모로 직접 보기 위해, 토요일 밤에는 대개 아편팅크를 마신 뒤 방향이나 거리 따위는 별로 개의치 않고 런던의 시장이나 그 밖에 가난한 사람들이 토요일 밤에 일주일치 봉급을 쓰러 가는 곳으로 나가곤 했다. 남편과 아내, 때로는 한두 명의 자녀로 구성된 가족들이 길거리에 서서 그들의 재원이나 재력에 대해, 또는 가정용품의 가격에 대해 의논하는 것을 나는 자주 들었다. 그리고 차츰 그들의 소망과 어려움과 의견에 익숙해졌다. 그들은 투덜투덜 불평을 늘어놓을 때도 있었지만, 얼굴 표정이나 말로 인내와 희망과 평안함을 표현할 때가 훨씬 많았다. 일반적으로 보면, 적어도 이 점에서는 가난한 사람들이 부자보다 훨씬 철학적이라고 말할 수밖에 없다. 그들은 돌이킬 수 없는 재앙이나 회복할 수 없는 손실로 여겨지는 것을 부자보다 훨씬 기꺼이 쾌활하게 감수한다. 나는 기회 있을 때마다, 또는 주제넘게 보이지 않고 그들 틈에 들어갈 수 있을 때는 언제나, 그들이 논의하고 있는 문제에 대해 내 의견을 말하곤 했다. 내 의견은 반드시 현명한 것은 아니었지만, 그들은 언제나 너그럽게 받아들였다. 임금이 조금 올랐거나 오를 것 같다느니, 4파운드짜리 빵 값이 조금 내려갔다느니, 양파와 버터 값이 떨어질 것 같다느니 하는 이야기를 들으면 나도 기뻤다.

하지만 그 반대일 때에는 아편에서 나 자신을 위로할 방법을 찾았다. 아편은 (장미와 굴뚝 검댕에서 닥치는 대로 재료를 추출하는 꿀벌처럼*) 모든 감정을 지배하여 자신의 명령에 따르게 하는 마스터키 같은 것이기 때문이다. 이런 산책은 나를 아주 멀리까지 데려갈 때도 있었다. 아편쟁이는 너무 행복해서 시간 가는 줄도 모르기 때문이다. 집으로 돌아가기 위해 방향을 돌릴 때는 가는 길에 지나간 갑(岬)과 곶을 모두 도는 대신 항해 원칙에 따라 북극성에 눈을 고정시키고 야심차게 북서항로**를 찾으려다가 갑자기 복잡하게 뒤얽힌 골목길, 정체를 알 수 없는 입구, 통행할 수 없는 도로에 대한 스핑크스의 수수께끼와 부닥치기도 했다. 내가 생각하기에 이 미로는 대담한 짐꾼조차도 당황하게 하고, 전세마차 마부의 머리까지도 혼란시킬 게 분명하다. 때로는 내가 이런 '미지의 땅(terrœ incognitœ)'을 처음 발견한 게 분명하다고 믿고, 과연 그곳이 현대의 런던 지도에 실려 있을까 하고 의심을 품을 수도 있었을 것이다. 하지만 이것 때문에 나는 먼 훗날 값비싼 대가를 치러야 했다. 오랜 세월이 지난 뒤, 인간의 얼굴이 내 꿈을 독재적으로 지배했고, 런던에서 내 발걸음이 혼란에 빠졌던 기억이 되돌아와 도덕적이고 지적인 당혹감으로 내 잠을 괴롭힌 것이다. 그 당혹감은 이성을 혼란시키고, 양심에 고뇌와 회한을 가져왔다.

  이렇게 나는 아편이 반드시 무위나 무기력을 낳는 것이 아니라, 그와는 반대로 시장과 극장으로 나를 데려간 적이 많다

---

*1856년의 개정판에서 드 퀸시는 레이크 지방에서는 꿀벌이 가정집 굴뚝에 들어가 장작불이나 이탄불이 남긴 검댕을 떼어간다고 주를 달았다.
**대서양에서 서북쪽으로 항해하여 아메리카 대륙 북쪽 해안을 따라 태평양으로 빠져나가는 항로. 지리상의 발견 시대 이래, 16세기 후반부터 이 항로를 개척하기 위해 많은 탐험이 있었다. 1845년, 북극 탐험가 존 프랭클린은 이 항로를 시도했다가 그대로 행방불명이 되었다.

는 것을 보여주었다. 하지만 시장과 극장은 아편쟁이들이 아편의 쾌락에 당연히 수반되는 더없이 신성한 상태에 빠져 있을 때는 가기에 적당한 곳이 아니라고 솔직히 인정하겠다. 그 상태에서는 군중이 아편쟁이에게 압박감을 주고, 음악조차 지나치게 관능적이고 거칠다. 당연히 아편쟁이는 고독과 정적을 찾는데, 그것이야말로 아편을 통해 인간성이 도달할 수 있는 절정이고 완전한 경지인 황홀경, 또는 가장 깊은 몽상에 없어서는 안 될 조건이다. 너무 많이 생각하고 너무 적게 관찰하는 고질병을 가지고 있어서, 대학에 들어갔을 때는 런던에서 목격한 고통을 너무 많이 생각한 나머지 하마터면 깊은 우울에 빠질 뻔한 적도 있었던 나는, 내 생각의 경향을 충분히 알고 있었기 때문에, 그 경향에 대항하려고 무진 애를 썼다. 정말로 나는 옛날 전설에 나오는 트로포니오스*의 동굴에 들어간 사람 같았다. 그곳에서 내가 구한 치료법은 억지로라도 사회에 나아가고, 과학 문제에서 내 지적 능력을 계속 활동시키는 것이었다. 이런 치료법을 시도하지 않았다면 나는 심기증 환자처럼 우울해졌을 게 분명하다. 하지만 훗날 쾌활함이 충분히 회복되자, 나는 고독한 생활을 추구하는 타고난 경향에 따랐다. 그리고 그때 나는 아편팅크를 마시고 자주 몽상에 빠졌다. 여름밤이면

*그리스 신화에 나오는 뛰어난 건축가. 델포이에 있는 아폴론 신전을 세운 뒤, 아폴론에게 보수를 요구했다가 벌을 받아 동굴 안에 갇히고 말았다. 그 후 사람들은 이 동굴에 들어가 신탁을 받았지만, 동굴에서 나오면 모두 우울해져 있었다고 한다. 우울한 사람을 가리켜 "그는 트로포니오스의 신탁을 들으러 갔다"고 말하는데, 이 속담은 바로 여기서 유래했다.

1마일 떨어진 바다를 내려다볼 수 있고 거의 같은 거리에 있는 대도시 리버풀*을 한눈에 바라다볼 수 있는 방에서 창문을 열어젖히고, 해질녘부터 동틀녘까지 창가에 앉아 있었던 적도 한두 번이 아니었다. 나는 그동안 꼼짝도 하지 않았고, 움직이고 싶은 마음도 없었다.

  이렇게 말하면 나는 신비주의, 베메주의, 정적주의** 등 여러 가지 말로 공격당하겠지만, 그것은 나를 불안과 공포에 빠뜨리지 않을 것이다. 베인 2세***는 영국이 낳은 가장 현명한 사람 가운데 하나였지만, 그의 철학적 저술은 내 절반만큼도 신비주의적인 경향을 띠고 있지 않다. 그 점을 독자들은 잘 확인해주기 바란다. 그러고 나면 나는 말하겠다. 위에서 말한 광경 자체는 그런 몽상 속에서 일어난 전형적인 장면처럼 보일 때가 많았다고. 리버풀이라는 도시는 이 세상을 상징했다. 세상의 슬픔과 무덤들은 뒤에 남겨지지만, 시야에서 사라진 것도 아니고 완전히 잊힌 것도 아니었다. 영원히 부드럽게 물결치고 비둘기 같은 평온에 뒤덮인 바다는 마음과 그때 마음을 지배한 기분을 적절히 표상하는 것처럼 보였다. 그때 나는 처음으

---

*드 퀸시는 리버풀 근처의 에버튼에서 자주 휴가를 보냈다.
**독일의 신비주의자 야코브 베메(1575~1624)의 사상. 정적주의: 완전한 미덕과 평안은 자아의지를 없애고 조용히 신을 생각함으로써 얻을 수 있다고 주장하는 17세기 말의 신비주의 사상.
***헨리 베인 2세(1613~1662): 찰스 1세에게 저항하여 북미 매사추세츠로 이주했고 그곳 주지사가 되었지만, 나중에 영국으로 돌아와 왕당파에 격렬하게 저항했다. 왕정복고(1660) 당시 체포되어 사형당했다. 주요 저서는 《은둔자의 명상-신의 사랑 및 신과의 합일에 대하여》.

로 삶의 소란에서 멀리 떨어져 초연히 서 있는 것처럼 느껴졌기 때문이다. 혼란, 흥분, 다툼은 보류된 것 같았다. 마음의 은밀한 부담이 일시적으로 중단된 것처럼 여겨졌다. 휴식의 안식일, 노동으로부터의 해방이 일어난 것 같았다. 인생길에서 꽃 피는 희망과 죽은 뒤에 찾아올 평화가 여기에서 조화를 이루었고, 지성은 지치지 않는 하늘처럼 활발하게 움직이지만 온갖 근심 걱정에도 불구하고 평온했다. 이 조용함은 나태의 소산이 아니라, 강력하고 대등한 두 힘의 대립—즉 무한한 활동과 무한한 휴식의 대립—이 낳은 결과인 것 같았다.

오, 공정하고, 교묘하고, 강력한 아편이여! 가난한 자와 부유한 자의 마음에도, 결코 치유되지 않을 상처에도, "정신을 반역으로 유도하는 고통"*에도 위안을 가져다주는 아편이여. 강한 설득력을 가진 아편이여! 뛰어난 수사법으로 분노에 찬 결심을 슬며시 훔치는 아편이여. 죄지은 자에게는 젊은 시절의 희망을 하룻밤 동안 되돌려주고 피 묻은 손을 닦아주며, 긍지 높은 자에게는

    폭로된 잘못 또는 되갚지 못한 모욕**

을 잠시 잊게 해주고, 죄가 없는데도 고통받고 있는 자의 승리를 위해 꿈의 대법원에 거짓 증인을 소환하여 그의 위증을 논

*워즈워스의 《라일스턴의 하얀 암사슴》 '헌사' 36행.
**워즈워스의 《소요(逍遙)》 제3권 374행.

박하고 부당한 재판관들의 판결을 뒤엎는 아편이여. 깊은 어둠 속에 두뇌가 상상하는 환상적인 형상으로 페이디아스와 프락시텔레스*의 예술을 능가하는—바빌론과 헤카톰필로스**의 웅대함과 호화로움도 능가하는 도시와 신전을 짓는 아편이여. "꿈꾸는 잠의 혼돈에서"*** 오랫동안 묻혀 있던 아름다운 사람들의 얼굴과 "무덤의 치욕"****을 깨끗이 씻어낸 축복받은 가족의 모습을 햇빛 속으로 불러내는 아편이여. 오직 그대만이 이런 선물을 인간에게 준다. 그대는 낙원으로 들어가는 열쇠를 가지고 있다. 오, 공정하고, 교묘하고, 강력한 아편이여!

*페이디아스(기원전 490~432): 고대 그리스 최고의 조각가. 파르테논 신전의 프리즈(띠 모양의 장식)를 설계했다고 전해진다. 프락시텔레스(기원전 370~330?): 페이디아스와 어깨를 나란히 하는 그리스의 조각가.
**바빌론의 건축물 중에서도 '공중정원'은 전설적인 것으로 유명하다. 헤카톰필로스라는 이름은 어원적으로 '백 개의 문을 가진 도시'라는 뜻으로, 이집트의 테베를 형용하는 말이다. 그리스의 테베는 헵타필로스(일곱 개의 문을 가진 도시)라고 불렸다. 또한 이집트의 테베는 아편 거래의 중심지였고, 아편팅크는 '테베의 엑스'라는 별명으로 불렸다.
***워즈워스의 《소요》 제4권 87행.
****셰익스피어의 《줄리어스 시저》 1막 2장 138행에 "더럽혀진 무덤"이라는 구절이 나온다.

아편의 고통으로 들어가는 말

점잖고, 바라건대 너그러운 독자들이여('내' 독자들은 모두 너 그러워야 한다. 그러지 않으면 이 글을 읽고 너무 충격을 받아서 예의를 차릴 수 없게 될 테니까), 여러분은 여기까지 나와 함께 왔으므로, 다시 8년쯤, 즉 1804년(앞에서도 말했듯이 내가 아편을 처음 알게 된 해)부터 1812년까지 나와 동행해주기 바란다. 학창시절은 이미 지나갔고—거의 잊혔고—이제 더는 학생모가 내 관자놀이를 누르지 않는다. 내 학생모가 아직 존재하다면 옛날의 나처럼 행복하고 열렬히 지식을 사랑하는 젊은 학생의 관자놀이를 누르고 있을 것이다. 내 교복은 지금쯤 보들리 도서관*에 소장된 수천 권의 훌륭한 책과 같은 상태에 있을 것이다. 즉 수고를 아끼지 않는 좀나방과 구더기들이 부

---

*수집가로 유명한 토머스 보들리 경이 1602년에 세운 옥스퍼드 대학의 유명한 도서관. 영국박물관에 버금가는 대도서관이다.

지런히 그것을 조사하고 있을 것이다. 또는 '어딘가'의 거대한 수장고로 떠났을 것이다(내 교복의 운명에 대해 내가 아는 것은 그것뿐이다). '어딘가'는 모든 찻잔과 차통, 티포트와 차주전자 등(그보다 훨씬 약한 그릇, 예를 들면 유리잔이나 유리병, 기숙사의 침실 담당자* 등은 말할 것도 없고)이 간 곳이다. 개중에는 이따금 내가 지금 쓰고 있는 찻잔 따위와 비슷한 것이 있어서 내가 한때 소유한 것을 생각나게 하지만, 그것들이 언제 어디로 떠났고 결국 어떤 운명을 맞았는지는, 대부분의 대학 관계자들이 걸어간 운명과 마찬가지로, 막연히 추측할 수밖에 없다.

  아침 6시 예배에 참석하라고 끈질기게 울려대던 달갑잖은 예배당 종소리도 이제는 내 잠을 방해하지 않는다. 종을 친 잡역부—나는 옷을 입으면서 그의 아름다운 코(구리가 상감된 청동 코)에 대해 그리스어로 수많은 풍자시를 쓰는 방법으로 그에게 앙갚음을 했다—는 이제 죽어서, 누군가를 방해하는 일은 완전히 그만두었다. 딸랑딸랑 종을 울려대는 그의 버릇에 시달린 많은 사람들(나를 포함하여)은 이제 그의 잘못을 너그럽게 봐주기로 합의하고 그를 용서했다. 나는 이제 그 종에게도 자비를 베풀고 있다. 그 종은 전처럼 하루에 세 번씩 울리면서 수많은 신사들을 잔인하게 괴롭히고 그들의 마음의 평화를

---

*침실 담당자는 대학의 잡역부로서 대부분 여자였다. 여자를 "약한 그릇"이라고 표현한 것은 〈베드로 전서〉 3장 7절. 물론 드 퀸시는 이 구절을 근거로 하여 우아하게 외설을 즐기고 있다.

어지럽힐 게 분명하다. 하지만 1812년인 지금 나는 그 종의 기만적인 목소리에는 전혀 관심이 없다(기만적이라고 부른 것은 그 종이 악의를 세련되게 순화하여, 마치 파티에 초대하는 것처럼 감미롭고 아름다운 음색을 냈기 때문이다). 종 자체의 악의가 바랄 수 있는 만큼 강한 순풍이 불어준다 해도, 사실 그 소리는 이제 더 이상 나한테까지 도달할 힘이 없다. 나는 그 종으로부터 400킬로미터나 떨어진 깊은 산속*에 묻혀 있기 때문이다.

그런데 내가 산속에서 뭘 하고 있느냐고? 아편을 마시고 있다. 아아, 그렇군. 하지만 그 밖에는? 독자들이여, 우리는 지금 1812년에 도달해 있고, 그보다 몇 년 전부터 나는 주로 칸트와 피히테와 셸링** 등의 저작을 읽으면서 독일 형이상학을 공부하고 있었다. 그러면 나는 어떻게 어떤 식으로 살고 있을까? 요컨대 나는 어떤 부류나 종류에 속해 있는가? 나는 이 시기―즉 1812년―에 작은 시골집에서 하녀 한 명과 함께 살았다('나쁘게 생각하는 자에게 화 있을진저'***). 내 이웃들은 그 하녀를 내 '가정부'라고 부른다. 나는 학자이자 교육받은 사람이고, 그런 의미에서는 신사이므로, 나 자신을 감히 '신사'라고

---

*드 퀸시가 정착한 레이크 지방의 그래스미어 골짜기.
**《고백》을 쓸 때까지 드 퀸시는 주로 독일 철학을 연구했으며, 철학적 저작을 필생의 작업으로 완성하고 싶어 했다. 훗날 쓴 유명한 평론 가운데 《임마누엘 칸트의 만년》이 있다.
***honi soit qui mal y pense. 14세기 중엽에 에드워드 3세가 제정한 가터 훈장의 표어.

불리는 모호한 집단의 하찮은 일원으로 분류해도 좋을 것이다. 지금 말한 이유 때문이기도 하지만, 내가 눈에 보이는 직업이나 일을 가지고 있지 않기 때문에, 사유재산으로 먹고사는 게 분명하다고 판단하는 것도 당연하다. 내 이웃들은 나를 그렇게 분류하고, 현대 영국의 예법에 따라 편지 따위에는 내 이름에 대개 '귀하'라는 존칭이 붙지만, 문장원(紋章院)* 관리의 엄격한 해석에 따르면 나에게는 이 영광스러운 존칭을 붙일 자격이 없는 듯하다. 세상 사람들의 눈으로 보면 나는 'X.Y.Z.'** 귀하'지만, 실은 치안판사도 아니고 재판기록보관 담당도 아니다.

결혼했느냐고? 아직 결혼하지 않았다. 아직도 아편을 마시느냐고? 토요일 밤에만 마신다. 1804년의 "비오는 일요일"과 "당당한 판테온"과 "행복을 베푸는 약종상" 이후 줄곧 부끄러워하지 않고 뻔뻔스럽게 아편을 마셨느냐고? 그렇다. 그렇게 오랫동안 아편을 복용하면 건강은 어떠하냐고? 요컨대 어떻게 지내느냐고? 독자들이여, 고맙게도 건강은 아주 좋다. 해산 자리에 누워 있는 여자들의 표현을 빌리면 "이보다 더 좋기를 기대할 수는 없을 정도"다. 사실 내가 감히 진실을 말한다면, 의사들의 이론을 만족시키기 위해서는 마땅히 내가 건강하지 않아야 하지만, 내 평생 1812년 봄만큼 건강이 좋았던 적은 없었

---

*중세 유럽에서 문장(국가나 단체 또는 집안 따위를 나타내기 위해 사용하는 상징적인 표지)을 관리하던 국가 기관으로, 중세 이후 대부분의 나라에서는 없어졌지만 영국에서는 지금까지 존속해 있다.
**드 퀸시가 《고백》이나 그 밖에 익명의 글에서 사용한 필명.

다. 선량한 독자들이여, 1804년부터 1812년까지 8년 동안 내가 복용한 아편이 내 건강에 거의 문제를 일으키지 않았듯이, 당신의 일생을 8년씩 나누어 지난 8년 동안 마셨거나 앞으로 8년 동안 마실 계획인 포트와인이나 셰리와인이나 "특별한 마데이라"*의 총량이 당신의 건강에 문제를 일으키지 않기를 진심으로 바란다.

그러므로 당신은 《아나스타시오스》의 의학적 조언을 받아들이는 것이 얼마나 위험한지를 다시금 깨달을 수 있을 것이다. 잘은 모르지만, 《아나스타시오스》의 저자는 신학이나 법학 분야에서는 안전한 조언자일 수 있어도 의학에 대해서는 아니다. 차라리 나처럼 버컨 박사에게 상담하는 편이 훨씬 낫다. 나는 그 훌륭한 사람의 탁월한 제안을 결코 잊지 않았기 때문이다. 그래서 나는 "아편 팅크를 25온스 이상 복용하지 않도록 각별히 주의를 기울인다." 적어도 아직은(즉 1812년) 아편의 너그러움을 남용하는 자들에게 복수하는 아편의 공포를 모를뿐더러, 그런 낌새도 채지 못하고 있는 것은 아편을 절제하고 적당히 복용한 덕분이라고 말할 수 있다. 그와 동시에 나는 아직까지 어설픈 아마추어 아편쟁이에 불과했다는 사실을 잊어서는 안 된다. 아편을 복용할 때마다 충분한 간격을 두려고 조심했을 뿐 8년 동안이나 아편을 복용했지만, 그래도 아편이 일상적인 음식물처럼 필수품이 되지는 않았다.

*마데이라(태평양에 있는 포르투갈령 섬)에서 생산되는 백포도주.

하지만 이제 다른 시대가 온다. 독자들이여, 부디 1813년으로 나아가달라. 우리가 방금 떠나온 1812년 여름에 나는 몹시 우울한 사건*과 관련된 마음의 고통 때문에 건강을 크게 해쳤다. 이 사건은 그것 때문에 내가 병이 났다는 것 말고는 지금 내 앞에 놓여 있는 문제와 아무 관계도 없기 때문에, 더욱 특별히 언급할 필요는 없다. 1812년에 내가 앓은 이 병이 1813년에 앓은 병에 관여했는지 어떤지는 나도 모른다. 하지만 1813년에 나는 지독한 위염에 걸렸다. 그것은 모든 점에서 젊은 시절에 그토록 나를 괴롭힌 병과 똑같았고, 그와 함께 옛날의 악몽도 모두 되살아났다. 여기가 내 이야기의 요점이고, 나 자신의 자기합리화에 관해 앞으로 나올 이야기는 모두 이것을 바탕으로 결정된다고 말할 수 있다.

그런데 여기서 나는 곤혹스러운 딜레마에 빠져 있다. 한편으로는 내가 위염이나 끊임없는 고통과 더 이상 맞서 싸울 수 없었다는 사실을 충분히 입증하기 위해 내 질병이나 투병을 자세히 이야기하면 독자들의 인내심이 바닥날 게 뻔하다. 또 한편으로는 내 이야기의 이 중요한 대목을 너무 가볍게 다루면, 독자들의 마음에 더욱 강한 인상을 남기는 이익을 포기해야 하고, 나도 방종한 사람들처럼 마약 복용의 첫 단계에서 마지막

---

*워즈워스의 딸이자 드 퀸시가 무척 귀여워한 캐서린이 1812년 6월 4일 네 살의 나이로 죽었다. 드 퀸시는 한없는 비탄에 빠졌고, 캐서린이 죽은 뒤 두 달 동안이나 밤마다 캐서린이 묻힌 그래스미어의 교회 묘지에 가서 무덤 앞에 엎드려, 그 주변에서 즐겁게 놀던 캐서린의 모습을 회상했다고 한다.

단계로 태평하게 조금씩 미끄러지듯 내려갔다는 오해(내가 일찍이 알아차린 바에 따르면, 대다수 독자들의 마음속에는 오해를 하는 경향이 숨어 있다)에 나 자신을 노출시킬 수밖에 없다. 이것은 딜레마다. 참을성 있는 독자들은 16열 종대로 늘어서 있고, 게다가 끊임없이 새로운 사람들로 교대되지만, 그래도 첫 번째 방법은 성난 황소처럼 이들을 공중으로 던져 올렸다가 찌르기에 충분할 것이다. 따라서 이 방법은 생각할 수 없다.

그렇다면 남은 방법은 내 목적에 필요한 만큼만 자명한 사실로 제시하는 것이다. 선량한 독자여, 내가 자명한 사실로 제시하는 것을 나 자신의 공로로 삼게 해달라. 내가 당신의 인내와 내 인내라는 대가를 치르고 그것을 사실로 입증하기라도 한 것처럼 생각해달라. 내가 당신을 편하게 해주려고 자세한 설명을 자제한 것 때문에 나를 나쁘게 생각하는 옹졸함은 보이지 말아달라. 아니, 내가 부탁하는 것을 모두 믿어달라. 즉, 나는 더 이상 저항할 수 없었다는 것을 믿어달라. 관대하고 자비롭게 믿어달라. 아니면 단순히 타산적으로 믿어달라. 당신이 믿어주지 않으면 나는 내 《고백》의 개정증보판에서 당신의 믿음을 얻고 당신을 두려움에 떨게 할 것이기 때문이다. 그리고 독자들은 '지루한 나머지(à force d'ennuyer)', 내가 또 같은 짓을 되풀이할까 두려워, 내가 자명한 사실로 제시하는 편이 적절하다고 생각하는 것에 두 번 다시 이의를 제기하지 않을 것이다.

그래서 되풀이 말하지만, 내가 날마다 아편을 복용하기 시작했을 때는 달리 어떻게 해볼 도리가 없었다. 아무리 노력해봤자 소용없을 것처럼 여겨졌을 때에도, 나중에 실제로 그 습관에서 벗어나는 데 성공할 가능성이 있었던 건 아닐까? 내가 시도해본 수많은 노력들 가운데 상당수가 더욱 철저히 이루어졌을 가능성이 있었던 건 아닐까? 그 후 내가 잃어버린 땅을 차츰 재정복하는 일이 더욱 정력적으로 이루어지지 않았을까? 이런 질문들은 사절할 수밖에 없다. 어쩌면 변명으로 내 죄를 경감받을 수 있을지 모르지만, 솔직히 말할까? 솔직히 털어놓으면, 나는 지나칠 만큼 행복주의자*라는 것이 나를 끈질기게 따라다니는 고질병이다. 나는 나 자신만이 아니라 남들도 행복한 상태에 있기를 갈망해 마지않는다. 나는 나 자신의 불행이든 아니든 단호한 눈으로 불행을 직시할 수 없고, 나중에 돌아올 이익을 위해 현재의 고통을 견디기도 어렵다. 다른 문제에서는 스토아 철학**에 애착을 느끼는 맨체스터***의 면직물 업계 신사들에게 동의할 수도 있지만, 이 문제만큼은 동의할 수 없다. 여기서 나는 감히 절충주의 철학자가 되어, 아편쟁이의 허약한 상태를 좀 더 참작해줄 점잖고 관대한 종파를 찾는다. 그것은 초서의 말마따나 "죄를 사해주는 선량한 사람들"*이

---

*아리스토텔레스에서 윤리의 궁극적인 목적, 행위의 기준을 행복에 두는 설.
**의지로 정열을 제어하면 쾌락과 고통을 초월할 수 있다고 가르친 제논(기원전 335~263)의 금욕주의 철학. 제논이 아테네의 '스토아(포치)'에서 제자들에게 강의한 데에서 이 학파의 이름이 유래했다.
***〔원주〕맨체스터를 지나는 길에 그곳의 몇몇 신사가 친절하게도 나에게 출입을 허락해준 훌륭한 신문잡지 열람실은 '포치'라고 불리는 것 같다. 그래서 맨체스터에서는 타관 사람인 나는, 이곳의 신문잡지 구독자들은 제논의 제자를 자처할 작정이구나 하고 추측했다. 하지만 그 후 이 추측이 틀렸다는 것이 확인되었다.

고, 나 같은 가련한 죄인에게 속죄를 위한 고행을 부과하든 금욕과 절제의 노력을 강요하든, 거기에서 선악의 판단력을 보여줄 사람들이다. 나는 찌지 않은 생아편을 참을 수 없는 것처럼, 내 신경 상태로는 몰인정한 도덕가를 참을 수 없다. 어쨌든 자제와 금욕이라는 대형 화물선을 도덕성 향상이라는 항해에 내보내라고 권하는 사람은 우선 그 일이 희망적이라는 것을 나에게 분명히 납득시켜야 한다. 이 나이가 되면(당시 서른여섯 살) 힘이 남아돈다고는 생각할 수 없고, 사실은 지금 손대고 있는 지적 노동에 쏟을 힘도 부족하다. 따라서 가혹한 몇 마디로 나를 위협하여 도덕성을 높이는 절망적인 모험 항해에 내 정력을 조금이라도 쏟게 할 생각은 꿈에도 하지 말라.

하지만 절망적이든 아니든, 1813년에 발버둥친 결과는 지금 말한 대로였다. 이때부터 독자들은 나를 아편에 인이 박인 어엿한 아편쟁이로 생각해도 좋다. 이런 사람에게 몇 월 며칠에 아편을 마셨느냐 안 마셨느냐고 묻는 것은 그날 당신의 허파는 숨을 쉬고 있었느냐, 당신의 심장은 기능을 수행하고 있었느냐고 묻는 거나 마찬가지일 것이다. 독자들이여, 이제 당신은 내가 어떤 사람인지 알았을 것이다. 그리고 지금쯤은 "눈처럼 새하얀 수염을 기른"** 어떤 노신사도 "작은 황금색 용기에 든 치명적인 약물"을 포기하라고 나를 설득할 가능성은 전혀 없다

---

*제프리 초서의 《캔터베리 이야기》 '서시' 221~222행.
**92쪽의 원주 참조.

는 것을 깨달았을 것이다. 그렇다. 도덕가든 의사든, 모든 사람에게 경고하건대, 각자의 전문 분야에서 어떤 자격이나 기술을 가지고 있든 간에, 우선 사순절이나 라마단*처럼 일정한 기간 동안 아편을 끊으라는 잔인한 제안으로 일을 시작할 생각이라면 내 동의를 얻는 것은 바라지도 말라. 이 점을 우리가 충분히 양해하면, 앞으로는 만사가 순풍에 돛단 듯 잘 되어갈 것이다. 그러면 독자들이여, 우리는 한동안 1813년에 주저앉아서 늑장을 부렸으니, 이제 몸을 일으켜 3년쯤 앞으로 나아가달라. 그리고 막이 오르면, 새로운 역을 연기하는 나를 보게 될 것이다.

  가난한 사람이든 부유한 사람이든, 누군가가 인생에서 가장 행복한 날이 언제였고 그 이유와 원인을 말해주겠다고 한다면, 우리는 모두 이렇게 외칠 것이다. 저 사람의 말을 귀담아들어보자! 들어보자! 가장 행복한 '날'에 관해서 말한다면, 아무리 현명한 사람도 그날을 정확히 지정하기는 무척 어려울 것이다. 자신의 일생을 돌아보았을 때 추억 속에 그렇게 두드러진 자리를 차지할 수 있는 사건, 또는 어느 특정한 날에 특별한 행복을 주었다고 말할 수 있는 사건은 지속적인 성격을 갖고 있어서 (우발적인 사고는 제외하고) 같은 행복—또는 눈에 띄게 줄어들지 않은 행복—을 몇 년 동안 계속 주었을 게 분명하기

---

*사순절은 부활주일 전 40일 동안의 기간. 이 기간 동안 기독교인들은 광야에서 금식하고 시험받은 그리스도의 수난을 기리기 위해 단식과 속죄를 행한다. 라마단은 이슬람교에서 단식과 재계(齋戒)를 하는 달. 이슬람력의 아홉 번째 달로, 해가 뜰 때부터 해가 질 때까지 음식·음주·성행위 따위를 금한다.

때문이다. 하지만 가장 행복한 '5년(lustrum*)', 또는 가장 행복했던 '1년'을 지적해보라면, 누구나 당황하지 않고 지적할 수 있을 것이다. 내 경우, 가장 행복했던 해는 우리가 방금 도착한 바로 그해였다. 솔직히 고백하면 그해는 더 우울한 해들 사이에 막간극처럼 끼어 있었지만, 아편의 어둠과 그늘진 우울 속에 박혀 주위와 단절되어 있는 (보석세공인들의 표현법에 따르면) '브릴리언트 컷**의 다이아몬드' 같은 해였다. 이상하게 들릴지 모르지만, 그보다 조금 전에 나는 별로 노력하지도 않고 갑자기 아편 복용량을 하루에 320그레인(즉 아편팅크 8000방울***)에서 그 8분의 1인 40그레인으로 줄였다. 그러자 언젠가 산꼭대기에서 떠다니다가 사라지는 것을 본 적이 있는 검은 안

---

*고대 로마에서 5년마다 거행한 정화식. 여기에서 일반적으로 5년 동안을 가리키게 되었다.
**다이아몬드 연마 방식의 하나. 다이아몬드의 광학적 특성을 최대로 살리고 최대의 섬광과 광채를 가진 정교한 보석을 만들기 위해 58면체의 다각으로 완성하는 방법이다.
***[원주] 여기서 나는 아편팅크 25방울을 아편 1그레인에 상당하는 것으로 계산한다. 이것이 보통의 추정치일 것이다. 하지만 아편과 아편팅크는 둘 다 다양한 양으로 생각할 수 있기 때문에(생아편은 강도가 다양하고, 아편팅크는 더욱 다양하다) 그런 계산은 정확할 수 없다. 찻숟가락의 크기도 아편의 강도만큼 다양하다. 작은 찻숟가락에는 아편팅크가 100방울쯤 담긴다. 따라서 8000방울은 찻숟가락으로 80개 분량이다. 그러니 독자들은 내가 버컨 박사의 너그러운 허용량보다 얼마나 적은 양에 머물러 있었는지 알 수 있을 것이다. [드 퀸시가 본 버컨 박사의 《가정의학》 해적판에는 "아편팅크를 한 번에 25온스 이상 마시지 말라"고 쓰여 있었다. 드 퀸시는 '25방울'의 잘못일 거라고 말했다. 아편팅크 25방울은 생아편 1그레인(0.0648그램)에 해당한다. 그렇다면 40그레인으로 복용량이 줄었다 해도 그것은 버컨 박사가 충고하는 허용량의 40배가 된다. 하지만 해적판에 나온 '25온스'(1온스는 28.35그램)가 옳다면, 40그레인은 확실히 그 '너그러운 허용량'을 훨씬 밑돈다는 계산이 나온다-옮긴이]

개처럼, 내 머리 위에 덮여 있던 깊은 우울의 먹구름이 하루아침에, 좌초한 배가

움직인다면 모두 함께 움직이는*

한사리를 맞아 다시 물에 뜨는 것처럼 동시에, 검은 깃발들과 함께 감쪽같이 사라져버렸다.
 이제 나는 다시 행복해졌다. 이제 나는 하루에 아편팅크를 천 방울밖에 마시지 않게 되었다. 이것은 무엇을 의미했는가. 늦봄이 도래하여 청춘의 계절을 끝내려 하고 있었다. 내 두뇌는 전처럼 건강하게 기능을 수행했다. 나는 다시 칸트를 읽고 다시 그를 이해했다. 아니, 이해했다고 상상했다. 또다시 내 만족감은 내 주위로 확대되었다. 옥스퍼드나 케임브리지 또는 다른 곳에서 소박한 내 시골집을 찾아오는 사람이 있으면, 나는 가난한 사람으로서 힘닿는 데까지 호화로운 음식을 대접하여 그를 환대했을 것이다. 현자의 행복에 또 무엇이 부족하든, 아편팅크만은 손님이 원하는 대로, 게다가 황금잔으로 충분히 제공했을 것이다. 그런데 지금 아편팅크를 남에게 주는 이야기가 나오니까, 그 무렵에 일어난 사소한 사건이 생각난다. 내가 여기서 그 사건을 이야기하는 것은, 비록 사건 자체는 하찮은 것이지만 이제 곧 독자들은 내 꿈에서 다시 그 사건을 만나게 되

*워즈워스의 《결의와 독립》 77행.

기 때문이고, 또한 그 사건은 상상을 초월할 만큼 대단한 영향을 내 꿈에 미쳤기 때문이다.

어느 날 한 말레이인이 내 집 현관문을 두드렸다. 도대체 말레이인이 무슨 볼일로 영국의 산골짜기에 왔는지, 짐작도 가지 않는다. 하지만 아마 그는 60킬로미터쯤 떨어진 항구로 가는 길이었을 것이다.

문을 연 하녀는 산골에서 태어나 자란 아가씨여서, 어떤 종류의 것이든 아시아인의 옷을 본 것은 그때가 처음이었다. 따라서 그의 터번을 보고 적잖이 당황했다. 말레이인의 영어 실력이 하녀의 말레이어 실력과 똑같다는 사실이 드러나자, 양쪽에 무슨 생각이 떠올랐다 해도 건널 수 없는 심연이 둘 사이에 가로놓여 어떤 생각도 전달할 수 없는 것 같았다. 이 궁지에서 하녀는 주인이 박식하다는 평판을 생각해내고(그녀는 내가 지구상의 모든 언어는 물론 달나라 언어도 조금은 알고 있을 거라고 믿은 게 분명하다) 나에게 달려와서, 아래층에 악마 같은 놈이 와 있다는 것을 알렸다. 하녀는 내 기술로 악마를 쫓아낼 수 있을 거라고 상상한 모양이었다. 나는 당장 아래로 내려가지는 않았지만, 얼마 후 내려가서 보니 별로 정교하지는 않지만 우연히 배열된 상태로 모습을 드러낸 집단이 내 상상력과 눈을 사로잡았다. 오페라 극장에서 발레 무용수들이 보여주는 당당한 자세는 허세를 부리듯 복잡하지만, 그런 발레 동작도 아래층에서 내가 본 집단만큼 내 상상력과 눈을 사로잡지는 못했다.

시골집 부엌은 낡고 마모되어 참나무와 비슷해진 거무스름

한 판자를 벽에 댔고, 부엌이라기보다는 시골의 소박한 현관처럼 보였지만, 거기에 말레이인이 서 있었다. 터번과 더러운 흰색의 헐렁한 바지가 벽에 댄 거무스름한 판자를 배경으로 도드라져 보였다. 그는 하녀 가까이 서 있었지만, 하녀는 그것을 별로 좋아하지 않는 것 같았다. 그래도 산악지방에서 태어나 자란 여자답게 타고난 대담성이, 눈앞에 있는 살쾡이를 응시할 때처럼 얼굴에 또렷이 드러난 두려움과 맞서 싸우고 있었다. 하녀의 아름다운 영국적 얼굴, 희고 고운 살결, 꼿꼿한 자세와 독립적인 태도는, 바닷바람을 맞아 마호가니로 표면을 마무리했거나 에나멜을 칠한 것처럼 누리끼리해진 말레이인의 담즙성 피부, 불안하게 움직이는 작고 사나운 눈, 얇은 입술, 비굴한 몸짓과 숭배하는 듯한 태도와 뚜렷한 대조를 이루었다. 이보다 더 인상적인 장면은 상상할 수도 없었을 것이다. 사나워 보이는 말레이인에게 반쯤 가려진 어린애가 보였다. 이웃집에 사는 그 아이는 말레이인을 따라 몰래 들어와서 지금은 고개를 뒤로 젖히고 터번과 그 밑에 있는 눈을 쳐다보며, 한손으로는 자신을 보호하기 위해 젊은 하녀의 옷을 움켜잡고 있었다.

동양 언어에 대한 내 지식은 별로 해박하지 못하다. 사실은 두 마디밖에 모른다. 보리를 뜻하는 아랍어 낱말과 아편을 뜻하는 터키어 낱말인데, 나는 그것을 《아나스타시우스》에서 배웠다. 나는 말레이어 사전도 갖고 있지 않았고, 말레이어를 두세 마디 하는 데 도움이 되었을지도 모르는 아델룽의 《미트리다테스》*조차 가지고 있지 않았다. 나는 내가 아는 언어 가운데 그리스어가 경도(經度)라는 점에서 볼 때 지리적으로 동양 언어와 가장 가깝다고 생각했기 때문에 《일리아스》**에서 몇 줄을 말해보았다. 그는 지극히 공손한 태도로 나를 경배하며, 말레이어인 듯한 언어로 대답했다. 이런 식으로 나는 이웃사람들에게 내 평판을 지켰다. 그 말레이인은 비밀을 폭로할 방법이 전혀 없었기 때문이다.

그는 한 시간쯤 마룻바닥에 누워 있다가 다시 길을 떠났는데, 그가 떠날 때 나는 그에게 아편 한 조각을 선물로 주었다. 그는 동양인이므로 아편과 친숙할 거라고 생각했기 때문이다. 그의 표정을 보고 나는 이를 더욱 확신했다. 그런데 그가 갑자기 손을 입으로 가져가더니, 세 토막으로 나눈 아편을 한 입에 통째로 꿀꺽 삼켰다. 그것을 보고 나는 좀 놀랐다. 그만한 분량이면 용기병 세 명과 그들의 말을 몽땅 죽이고도 남을 정도였다. 나는 그 가엾은 남자가 죽지나 않을까 걱정했다. 하지만 내가 뭘 어떻게 할 수 있겠는가? 나는 그가 런던에서 걸어왔다면 거의 3주 동안이나 다른 사람과 마음을 나누지 못했으리라 생각하고, 그의 고독한 형편을 동정하여 아편을 주었던 것인데, 그를 붙잡고 구토약을 억지로 먹이면 그는 깜짝 놀라서, 우리가 자기를 영국의 우상에게 제물로 바치려는 모양이라고 오해

---

*요한 크리스토프 아델룽(1732~1806): 독일의 언어학자. 그의 저서 《미트리다테스》는 정확히 말하면 《미트리다테스, 또는 보편언어학》(1806~1817)이라는 제목이다. 미트리다테스는 기원전 2세기경에 살았던 아나톨리아 폰투스의 왕으로서 22개 언어에 능통했다고 한다.
**트로이 공방전을 노래한 호메로스의 대서사시.

할지도 모른다. 손님 접대의 예법에 어긋나는 그런 짓은 생각할 수도 없었다. 구제할 길이 없는 것은 분명했다. 그는 떠났고, 나는 며칠 동안 불안했지만 말레이인이 변사체로 발견되었다는 소식은 듣지 못했기 때문에, 그가 아편에 익숙한 사람*이라고 확신하게 되었다. 그렇다면 방랑의 고통에서 벗어나 하룻밤 편히 쉬게 해주려던 애초의 의도대로 나는 그에게 은혜를 베푼 게 분명했다.

내가 일부러 주제에서 벗어나 이 사건을 언급한 것은 이 말레이인이 그 후 내 꿈에 달라붙어 떠나지 않았기 때문이다(그가 그 생생한 꿈의 윤곽을 만드는 데 이바지했기 때문이기도 하고, 내가 며칠 동안 그의 모습과 불안을 결부시켰기 때문이기도 하다). 게다가 그는 자신보다 더 지독한 말레이인을 몇 명이나 데려왔다. 이들은 나에게 "덤벼들어(a-muck)"** 나를 고통의 세계로 끌고 들어갔다.

---

*[원주] 하지만 이것은 필연적인 결론은 아니다. 아편의 효과는 사람에 따라 천차만별이기 때문이다. 런던의 어느 치안판사가 기록한 바에 따르면(해리엇의 《평생에 걸친 투쟁》 제3권 391쪽) 그가 통풍 때문에 처음 아편팅크를 마셨을 때는 40방울이었다. 이튿날 밤에는 60방울로 늘어났고, 닷새째 되는 밤에는 80방울을 마셨지만 전혀 효과가 없었다. 게다가 이것은 나이가 많은 사람의 경우다. 하지만 해리엇 씨의 사례를 우습게 만드는 시골 의사의 일화를 나는 알고 있다. '의사협회'가 이 문제에 관한 그들의 무지몽매함을 계몽해준 대가를 지불한다면 나는 아편에 관한 의학적 논문을 발표할 계획이고, 거기에서 그 시골 의사의 일화를 다루겠다. 하지만 공짜로 발표하기에는 아까울 만큼 재미있는 이야기다.
**[원주] 아편을 복용한 말레이인, 또는 도박에서 불운을 당하고 절망에 빠진 말레이인들이 저지르는 미친 짓에 대해서는 동방 여행자나 항해자의 공통된 이야기를 참고할 것. (덤벼들어'라고 번역한 낱말의 원어인 'a-muck'은 말레이어의 'amoq'에서 유래한 것으로, 갑자기 흥분하여 살인을 저지르는 정신장애를 의미한다-옮긴이)

하지만 이제 이 일화를 떠나, 막간의 행복했던 해로 돌아가자. 앞에서도 말했듯이, 우리 모두에게 행복만큼 중요한 주제에 대해서는 누구의 경험담이나 실험에도 기꺼이 귀를 기울여야 한다. 그 사람이 인간의 고통과 기쁨 같은 다루기 어려운 땅을 아주 깊이 파고들었거나 계몽된 원리를 바탕으로 연구를 추진했다고는 생각할 수 없는 일개 시골 농부에 불과하다 해도, 그의 이야기를 귀담아들어야 한다. 하지만 고체와 액체 형태로, 익힌 것과 날것 형태로, 동인도산과 터키산의 형태로 행복을 섭취해온 나, 이 흥미로운 주제에 대해 일종의 갈바니전지*로 실험해온 나, 세상 모든 사람들의 이익을 위해 (그러니까 최근에 암세포를 자신에게 접종한 프랑스 의사, 20년 전에 페스트균을 자신에게 접종한 영국 의사, 어느 나라 사람인지는 모르지만 광견병균을 자신에게 접종한 의사**와 똑같은 이유로) 날마다 아편팅크 8000방울의 독을 나 자신에게 접종해온 나—행복이 무엇인지를 확실히 아는 사람이 있다면, 나야말로 그런 사람일 것이다(다른 사람도 이것을 인정할 것이다). 그래서 나는 여기에서 행복을 분석하겠다. 하지만 그것을 교훈적으로 전달하지 않고, 날마다 아편을 마시고 있었는데도 아편팅크가 나에게 기쁨의 영약이었던 그 막간의 한 해 가운데 하루저녁을 함축적으로 묘사하여 가장 흥미로운 방식으로 독자들에게 전

---

*여러 종류의 다른 전도체가 직렬로 연결되어, 그중 적어도 한 개는 전해질 또는 그 용액이 되고 양끝의 화학적 조성이 같은 계(系)로 되는 전지.
**1856년의 개정판에서 드 퀸시는 영국 브라이턴의 의사라고 밝혔다.

달하겠다. 그것이 끝나면 행복이라는 주제를 완전히 떠나, 전혀 다른 주제, 즉 '아편의 고통'으로 넘어갈 것이다.

어느 도시에서도 20킬로미터나 떨어진 골짜기—그렇게 넓은 골짜기는 아니고, 길이가 3킬로미터에 평균 너비가 1킬로미터쯤 되는 골짜기—에 시골집* 한 채가 서 있다고 하자. 이런 환경의 이점은, 그 지역에 사는 모든 가족이 말하자면 하나의 대가족을 이루어, 개인적으로 낯이 익고, 많든 적든 서로의 감정에 관심을 갖는다는 것이다. 산들은 1000미터 내지 1200미터 높이의 진짜 산이고, 시골집도 (어느 재치 있는 작가가 말했듯이) "마차 두 대를 놓아둘 수 있는 차고가 딸린 시골집"**이 아니라 진짜 시골집이라고 하자. 사실 (나는 실제 광경을 충실히 묘사해야 하므로) 그것은 꽃피는 관목에 둘러싸인 하얀 시골집이라고 하자. 봄과 여름과 가을 동안 줄곧 벽에는 계절에 따라 차례로 다양한 꽃이 피고, 창문 주위에도 꽃이 무리지어 핀다고 하자. 5월의 장미로 시작하여 재스민으로 끝나도록 안배된 관목 덤불에 묻혀 있는 시골집이라고 하자. 하지만 지금은 봄도 여름도 가을도 아니고, 가장 혹독한 한겨울이라고 하자. 이것이 행복학에서 가장 중요한 점이다. 사람들이 그 점을 간과하여, 겨울이 지나가는 것을 축하할 일로 생각하고, 겨울이 다가와도 혹독하지 않은 겨울이 될 것 같으면 다행으로 여기는 것을 볼 때마다 나는 그저 놀라울 뿐이다. 그와는 반대로

---

*그래스미어 골짜기에 있는 드 퀸시의 집 '도브 코티지'.
**로버트 사우지(1774~1843)의 시 〈악마의 산책〉에 나오는 시구.

나는 해마다 눈이든 우박이든 서리든 폭풍우든 하늘이 우리에게 베풀 수 있는 만큼 최대한 많이 내려주기를 기원한다. 실은 누구나 겨울의 난롯가에 따라다니는 거룩한 즐거움을 알고 있을 것이다. 네 시에 켜는 촛불, 벽난로 앞의 따뜻한 깔개, 차, 차를 끓이는 아름다운 여인, 닫힌 덧문, 풍성한 주름이 마룻바닥까지 늘어진 커튼…… 밖에서는 비바람이 사납게 날뛰고,

> 마치 하늘과 땅을 뒤섞는 것처럼
> 문과 창문에서 안내를 청하는 듯하다.
> 하지만 가장 좁은 입구도 찾지 못한다.
> 그래서 넓은 저택 안에 있는 우리의 편안한 휴식은 더욱 달콤해진다.
> ―《나태의 성》*

겨울 저녁을 묘사할 때면 등장하는 이 모든 것은 위도가 높은 북쪽 지방에서 태어난 사람이라면 누구에게나 익숙할 것이다. 그리고 아이스크림 같은 맛있는 음식을 만들려면 대개는 아주 낮은 온도가 필요한 것도 분명하다. 그 음식들은 어떤 식으로든 혹독한 날씨나 사나운 폭풍우를 견뎌내지 않으면 익지 않는 과일이나 마찬가지다. 눈이나 검은 서리**나 바람이 너무 강해서, (클랙슨 씨* 말대로) "기둥에 몸을 기대듯 거기에 등

---

*제임스 톰슨(1700~1748)의 대표작.
**수증기가 적고 기온이 아주 낮을 때 생기는 서리. 식물의 잎이나 싹을 검게 만든다.

을 기댈 수 있을 정도"이든 아니든, 나는 까다롭게 굴지 않는다. 비가 억수같이 쏟아지기만 한다면, 나는 비조차도 참을 수 있다. 하지만 무언가 그런 종류의 것이 나에게는 반드시 필요하고, 그것을 갖지 못하면 학대받은 기분을 느낀다. 그렇게 좋은 겨울을 가질 수 없다면, 왜 내가 겨울에 필요한 석탄과 양초를 사들이고, 신사들에게도 일어나기 쉬운 생필품 부족에 대비하느라 그렇게 많은 대가를 치러야 하는가? 아니, 나는 내 돈의 대가로 캐나다 같은 겨울을 요구한다. 또는 모든 사람이 자신의 귀에 대한 소유권을 북풍과 공동으로 가지고 있는 러시아 같은 겨울을 요구한다.

사실 나는 이 점에서 대단한 미식가이기 때문에, 성 토머스의 날**도 벌써 지나 진저리 나는 봄기운으로 타락해버리면 겨울밤을 충분히 음미할 수 없다. 아니, 행복을 맛보려면 어두운 밤이 두꺼운 장벽처럼 빛과 햇살이 돌아오는 것을 모조리 차단해야 한다. 따라서 10월 말부터 크리스마스이브까지가 행복이 제철을 맞는 시기다. 내가 판단하건대, 행복은 차 쟁반과 함께 방으로 들어온다. 선천적으로 조잡한 신경을 타고났거나 포도주를 많이 마셔서 신경이 조잡해진 나머지 차처럼 세련된 자극제의 영향에 민감하지 않은 사람들은 차를 비웃지만, 차는 앞으로도 영원히 지식인이 즐겨 마시는 음료일 것이기 때문이다.

*토머스 클랙슨(1760~1846): 노예폐지론자로 유명. 레이크 지방에 살았고, 워즈워스 남매의 친구.
**12월 21일. 1년 중 밤이 가장 긴 동짓날.

나는 감히 차를 깔보고 헐뜯는 조너스 한웨이*나 그 밖의 불경스러운 사람들과 맞서서 존슨 박사의 '목숨을 건 싸움(bellum internecium)'에 가담했을 것이다. 하지만 여기서는 장황하게 말로 묘사하는 수고를 덜기 위해 화가 한 사람을 등장시켜, 그에게 그림의 나머지 부분을 완성하도록 지시하겠다. 화가들은 비바람에 더러워진 경우가 아니라면 하얀 시골집을 좋아하지 않는다. 하지만 이제 독자들은 지금이 겨울밤이라는 것을 이해하고 있으니까, 화가는 집 내부만 묘사하면 될 것이다.

그러면 세로가 5미터에 가로가 3.5미터, 높이가 2.5미터를 넘지 않는 방을 하나 그려달라. 이 방은 우리 집에서는 응접실이라고 불리지만, "두 가지 역할을 하도록"** 설계되어 있기 때문에 서재라고도 불리고, 그것이 더 정확한 명칭이다. 공교롭게도 내가 이웃 사람들보다 많이 갖고 있는 것은 오로지 책뿐이기 때문이다. 내가 열여덟 살 때부터 조금씩 모은 책이 지금은 5천 권에 이른다. 그러니까 화가여, 이 방에 최대한 많은 책을 집어넣어달라. 방을 책으로 빽빽하게 채우고, 활활 타오르는 난롯불과 학자의 소박한 시골집에 어울리는 간소하고 수수한 가구도 그려달라. 그리고 난로 근처에 다탁을 그리고(그렇게 폭풍우가 몰아치는 밤에는 어떤 사람도 남의 집을 방문할 수 없을 테니까) 차 쟁반에는 찻잔 두 개와 받침접시 두 개만

---

*조너스 한웨이(1712~1786): 여행가·사회개량가. 차를 비난하는 한웨이의 평론을 새뮤얼 존슨이 혹평했기 때문에 두 사람 사이에 격렬한 논쟁이 일어났다.
**올리버 골드스미스(1728~1774)의 《한촌(寒村)》 229행.

놓아달라. 당신이 상징적으로든 아니든, 그런 물건을 묘사하는 법을 알고 있다면 영원한—'처음에(à parte ante)'도 '나중에(à parte post)'도 변함없는—찻주전자를 하나 그려달라. 나는 대개 밤 8시부터 새벽 4시까지 차를 계속 마시기 때문이다. 그리고 직접 차를 끓이거나 차를 따르는 일은 몹시 불쾌하니까, 탁자 옆에 앉아 있는 아름다운 젊은 여자를 그려달라. 여자의 팔은 새벽의 여신 아우로라의 팔처럼, 여자의 미소는 청춘의 여신 헤베처럼 그려달라. 하지만 사랑하는 마거릿이여, 내 시골집을 환히 비추는 그대의 힘이 단순한 육체의 아름다움처럼 오래지 않아 덧없이 사라질 것에 달려 있다거나, 천사 같은 미소의 마력을 이 세상 사람들이 연필의 힘으로 지배할 수 있다고 말하는 짓은 농담으로도 하지 않겠다.

그러면 화가여, 당신의 연필이 좀 더 강력하게 지배할 수 있는 것으로 옮아가자. 다음에 그려질 것은 당연히 나 자신일 것이다. "치명적인 약물이 담긴 작은 황금색 용기"를 옆의 탁자 위에 놓아둔 아편쟁이의 모습. 아편에 관해서 말한다면, 나는 그림보다는 실제 아편을 보고 싶지만, 그것의 그림을 보는 것도 싫어하지는 않는다. 당신이 원한다면 아편을 그려도 좋지만, 미리 말해두자면 "당당한 판테온"과 모든 약종상(죽음을 면할 수 없는 인간이든 아니든)으로부터 멀리 떨어져 있었던 1816년에도 '작은' 용기는 내 목적에 들어맞지 않을 것이다. 아니, 당신은 황금이 아니라 유리로 만든 용기, 그리고 가능하면 포도주병과 비슷하게 생긴 진짜 용기를 그리는 편이 낫다. 그

안에 루비 빛깔의 아편팅크 1쿼트를 담아두어도 좋다. 그리고 그 옆에 독일의 형이상학 책을 한 권 놓아두면 내가 가까이 있다는 것이 충분히 증명될 것이다.

하지만 나 자신에 관해서 말한다면, 나는 거기에서 망설인다. 당연히 내가 그림의 전경을 차지해야 한다는 것은 나도 인정한다. 나는 작품의 주인공이기 때문에, 또는 (당신이 원한다면) 형법을 어긴 범죄자이기 때문에, 내 몸은 마땅히 법정으로 끌려가야 한다는 것도 인정한다. 이것은 합리적으로 보이지만, 내가 왜 이 점에 대해서 화가에게 고백해야 하는가? 아니, 애당초 무엇 때문에 고백하는가? 대중—나는 화가의 귀에 고백하고 있는 것이 아니라, 대중의 사적인 귀에 내 고백을 은밀히 속삭이고 있는 것이다—이 아편쟁이의 겉모습에 대해 스스로 기분 좋은 그림을 그렸다면, 아편쟁이한테 낭만적이게도 우아한 자태나 잘생긴 얼굴을 주었다면, 내가 무엇 때문에 대중으로부터 그렇게 유쾌한—대중에게도 나에게도 유쾌한—착각을 잔인하게 빼앗아야 하는가. 아니, 나를 그린다면 당신의 상상에 따라 그려달라. 화가의 상상은 아름다운 창조물로 가득 차 있을 테니까, 그런 식으로 그리면 반드시 나는 이익을 볼 것이다. 독자들이여, 이제 1816년부터 1817년까지 내 상태의 10개 범주*를 있는 그대로 모두 살펴보았다. 1817년 중반까지는 나도 행복한 인간이었다고 생각한다. 나는 그 행복의 요소들을

---

*아리스토텔레스가 말한 10개 범주. 즉 실체·양·질·관계·곳·때·능동·수동·상태·소유태.

폭풍이 휘몰아치는 겨울밤, 산골짜기에 있는 시골집, 학자의 서재를 묘사한 스케치로 당신 앞에 제시하려고 애썼다.

하지만 이제 작별이다. 겨울이든 여름이든, 행복과도 오랫동안 작별이다! 미소와도 웃음과도 작별이다! 마음의 평화와도 작별이다! 희망과도 평온한 꿈과도 축복받은 잠의 위안과도 작별이다! 3년 반이 넘도록 나는 이 모든 것에서 멀리 격리된다. 이제 나는 고난의 일리아스에 도달했다. 내가 지금부터 기록해야 할 것은 '아편의 고통'이기 때문이다.

아편의 고통

위대한 화가가 그 붓을
지진과 일식의 어둠 속에 담글 때처럼.
—셸리의 《이슬람의 반역》*

   여기까지 나와 동행해준 독자들이여, 여기서 세 가지 점에 대해 간단히 설명하는 주석을 달 테니 주의를 기울여달라.
   1. 나는 여러 가지 이유 때문에 내 서술의 이 부분에 대한 주석을 체계적이고 일관성 있는 형태로 정리하지 못했다. 나는 눈에 띄는 주석이나 지금 막 기억에서 끌어낸 주석을 지리멸렬한 상태로 제시하고 있다. 주석들 가운데 일부는 스스로 날짜를 명시했고, 일부는 내가 날짜를 명시했고, 일부는 날짜가 명

*제5편 23연에서.

시되어 있지 않다. 자연스러운 순서나 연대순으로 주석을 배열하지 않는 편이 내 목적에 들어맞는 경우에는 주저하지 않고 그렇게 했다. 나는 현재 시제로 이야기할 때도 있고, 과거 시제로 이야기할 때도 있다. 주석이 그것과 관련된 바로 그 시기에 쓰여진 경우는 아마 거의 없을 것이다. 하지만 이것은 주석의 정확성에 거의 영향을 미칠 수 없다. 그 인상은 너무 강렬해서 절대로 내 기억에서 희미해질 수 없기 때문이다. 그래도 많은 것이 생략되었다. 내 머릿속에 들어 있는 공포의 무거운 짐을 회상하거나 정식으로 서술하는 일을 나 자신에게 강요하려면 상당한 노력이 필요했다. 내가 이런 기분을 독자들에게 호소하는 것은 어느 정도는 변명이다. 나는 지금 런던에 있고, 남이 도와주지 않으면 서류조차 정리하지 못하는 무력한 인간이다. 그리고 나는 항상 나를 위해 서기 역할을 맡아주는 사람*한테 멀리 떨어져 있다.

  2. 여러분은 내가 개인적인 신상 이야기를 너무 솔직히 털어놓는다고 생각할 것이다. 사실 그럴지도 모른다. 하지만 내가 글을 쓰는 방식은 소리 내어 생각하는 것, 그리고 내 기분에 따르는 것이다. 누가 내 말을 듣고 있는지에 대해서는 별로 관심이 없다. 하던 이야기를 멈추고 이런저런 사람한테 무슨 이야기를 하는 것이 적절할까를 생각하면, 나는 곧 어떤 부분도 말하기에 적절하지 않은 건 아닐까 하고 의심하게 될 것이다. 사

---

*드 퀸시의 아내인 마거릿을 말한다.

실 나는 지금으로부터 15년 내지 20년 뒤에 나 자신을 놓고, 앞으로 나에게 흥미를 가질 사람들을 위해 글을 쓰고 있다고 상상한다. 그리고 나 자신 말고는 아무도 알 수 없는 모든 역사의 기록을 갖고 싶어서, 내가 지금 쏟을 수 있는 노력을 모두 기울여 최대한 충실하게 기록하고 있다. 내가 또다시 이 일을 할 시간을 찾을 수 있을지 어떨지 모르기 때문이다.

3. 여러분의 머릿속에는 왜 아편을 끊거나 줄여서 아편의 공포로부터 해방되지 않았느냐는 질문이 자주 떠오를 것이다. 여기에 대해서는 간단히 대답할 수밖에 없다. 내가 아편의 매력에 너무 쉽게 굴복했다고 생각할 수는 있지만, 아편의 공포에 매혹될 수 있는 사람이 있다고는 상상할 수 없다. 따라서 여러분은 내가 아편 복용량을 줄이려고 수없이 시도했다고 확신해도 좋다. 덧붙여 말하면, 아편을 줄이려는 시도를 제발 그만두라고 나에게 먼저 간청한 것은 내가 아니라, 그런 시도에 따르는 고통을 목격한 사람들이었다. 하지만 아편을 하루에 한 방울씩 줄일 수는 없었는가? 아니면 물을 타는 방법으로 한 방울을 2등분하거나 3등분해서 줄일 수는 없었는가? 한 방울을 2등분해서 천 방울을 줄이려면 6년이 걸렸을 것이고, 분명히 말하지만 그 방법은 결코 성공하지 못했을 것이다. 하지만 이것은 경험적으로 아편에 대해 전혀 모르는 사람들이 흔히 저지르는 실수다. 나는 그래서 아편에 대해 경험적으로 알고 있는 이들에게 묻고 싶다. 어느 정도까지는 아편을 쉽게, 심지어는 즐겁게 줄일 수 있지만, 그 한계를 넘어서 계속 아편을 줄이면 격

렬한 고통을 일으키는 게 늘 있는 일인가. 자기가 무슨 말을 하고 있는지도 모르는 생각 없는 사람들은 대부분 이렇게 말한다. 그래. 며칠 동안은 조금 기력이 떨어지고 우울하겠지. 그러면 나는 대답한다. 천만에. 기력이 떨어지거나 그런 일은 전혀 없다. 그와는 반대로 단순한 혈기가 비정상적으로 왕성해진다. 맥박은 빨라지고, 건강은 더 좋아진다. 고통이 있는 곳은 거기가 아니다. 술을 끊었을 때 일어나는 고통과는 비슷한 데가 전혀 없다. 그것은 형언하기 어려운 위장의 흥분 상태다(확실히 우울한 상태와는 별로 비슷하지 않다). 땀이 많이 나고, 내 마음대로 쓸 수 있는 지면이 더 많지 않으면 도저히 설명할 마음도 나지 않을 만큼 복잡한 감각이 수반된다.

 이제 나는 '사건의 중심으로(in medias res)'* 들어가, 아편으로 말미암은 내 고통이 '정점(acumé)'에 이르렀다고 말할 수 있는 시점부터 지적 기능을 마비시키는 아편의 효과를 미리 설명하겠다.

 내 연구는 벌써 오랫동안 중단된 상태다. 혼자 조용히 책을 읽는 것은 전혀 즐겁지 않고, 잠시도 계속하기가 어렵다. 하지만 때로는 다른 사람들을 즐겁게 해주려고 소리 내어 책을 읽

*호라티우스의 《시학》 148행.

는다. 낭독은 내가 장기로 삼는 재주이기 때문이다. '재주'라는 낱말을 피상적이고 장식적인 기능이라는 뜻으로 사용하는 속어적 용법에 따르면, 낭독은 내가 갖고 있는 거의 유일한 재주다. 전에 내가 천부적인 재능이나 후천적으로 얻은 기능과 관련하여 자만심을 갖고 있었다면, 그것은 이 낭독의 재능과 관련되어 있었다. 그만큼 희귀한 재능은 없다고 생각했기 때문이다. 배우들은 최악의 낭독자다. 존 켐블*의 낭독은 형편없다. 그렇게 유명한 시돈스 부인**은 연극 대본 외에는 잘 읽지 못한다. 시돈스 부인이 밀턴의 시를 낭독하는 것은 도저히 참고 들을 수 없다. 대체로 사람들은 아무 열정도 없이 시를 읽거나, "자연의 수수함을 넘어서서"*** 학자처럼 책을 읽지 않는다. 최근 내가 무언가에 감동했다면 그것은 《투사 삼손》****의 장중한 한탄이었고, 《복낙원》을 나 혼자 소리 내어 읽었을 때 악마의 말이 보여준 뛰어난 조화에도 감동했다. 젊은 부인*****이 이따금 우리를 찾아와서 함께 차를 마신다. 그 부인과 마거릿의 요청에 따라 이따금 워즈워스의 시를 그들에게 낭독해준다. (그런데 워즈워스는 내가 만난 시인들 가운데 자신의 시를 낭독할 수 있는 유일한 시인이다. 실제로 그는 자주 자작시를 홀

---

*존 켐블(1757~1823): 당대 최고의 셰익스피어 배우.
**세라 시돈스(1755~1831): 존 켐블의 누나이며, 연극 역사상 가장 유명한 셰익스피어 여배우.
***《햄릿》 3막 2장 21행.
****구약성서 〈사사기〉에 나오는 영웅 삼손에서 소재를 얻은 밀턴의 극시.
*****워즈워스의 누이동생인 도로시일 것이다.

룽하게 낭독한다.)

나는 거의 2년 동안 책을 한 권밖에 읽지 않았다. 그래서 그 책이 고맙고, 큰 빚을 진 기분이다. 그 빚을 갚기 위해 그것이 어떤 책인지를 언급하는 것이 저자에 대한 내 의무다. 앞에서도 말했듯이 나는 여전히 그보다 더 숭고하고 더 열정적인 시인들의 작품을 이따금 생각난 것처럼 잠깐씩 읽고 있다. 하지만 내 진정한 사명은 분석적 사고력을 발휘하는 것이었다는 사실을 나는 잘 알고 있다. 그런데 분석적 연구는 대부분 연속성을 띠기 때문에, 가끔 생각난 듯이 또는 단편적인 노력으로 수행할 수는 없다. 예를 들면 수학이나 철학 따위는 모두 나에게 견딜 수 없는 것이 되어버렸다. 나는 힘없는 어린애 같은 무력감을 느끼며 그런 학문에서 꽁무니를 뺐다. 그런 학문과 씨름하면서 끊임없이 기쁨을 느꼈던 시절을 생각하면 그 무력감이 주는 고통은 더욱 커졌다. 그뿐만이 아니라 또 다른 이유가 있었다. 나는 한 권의 저작을 천천히 정교하게 만들어가는 힘든 일에 평생의 노력을 기울이고, 내 지성의 꽃과 열매까지 모두 바쳤기 때문이다. 나는 그 저작에 스피노자*의 미완성 작품과 같은 제목, 즉 《인간 지성의 개선(De Emendatione Humani Intellectus)》을 붙일 생각이었다. 그것은 건축가의 역량에 비해 지나치게 큰 규모로 시작된 스페인의 어느 다리나 수도교(水道橋)**처럼 얼음에 갇힌 듯 처박혀 있었다. 그것은 그렇게 위대

---

*스피노자(1632~1677): 네덜란드의 철학자. 범신론의 대표적 사상가.

한 목표를 추진하도록 신이 나에게 가장 적합하게 갖추어준 그 방식으로 인간성 향상에 바친 평생의 노력을 영원히 전해주는 기념비로서, 또는 적어도 그런 소망이나 갈망의 기념비로서 나를 사람들의 기억에 되살리기는커녕, 꺾여버린 희망, 좌절한 노력, 쓸데없이 축적된 재료, 끝내 상부구조물을 떠받치지 못한 토대, 건축가의 비탄과 파멸의 기념비로서 내 자손에게 전해질 가능성이 컸다.

이런 정신박약 상태에서 나는 재미를 위해 정치경제학에 관심을 돌렸다. 전에는 하이에나처럼 활발하게 움직였던 내 지적 능력이 (내가 살아 있는 한) 완전한 무기력 상태에 빠질 수는 없었을 것이다. 그리고 정치경제학은 나와 같은 상태에 있는 사람에게 이런 이익을 준다. 즉, 정치경제학은 매우 유기적인 학문이지만(즉 모든 부분은 전체에 작용하고, 전체는 다시 각 부분에 영향을 미친다), 몇몇 부분은 따로 떼어서 하나씩 고찰할 수도 있다는 점이다. 이 무렵 내 지적 능력은 많이 쇠퇴했지만, 그래도 내가 습득한 지식까지 잊을 리는 없었다. 그리고 내 추상적 사고력은 오랫동안 엄격한 사상가들과 논리학, 지식의 위대한 대가들과 친밀했기 때문에, 현대 경제학자들의 대다수가 보여주는 완전한 무기력함을 모를 리도 없었다. 나는 1811년에 경제학의 여러 분야에 관한 수많은 책을 들여다볼 기회가

** '스페인의 성'이라는 말은 공중누각을 뜻하고, "스페인의 성을 쌓는다"고 말하면 공상에 탐닉하는 것을 의미한다. 드 퀸시는 이 격언적 표현을 풍자적으로 흉내내고 있다.

있었다. 그리고 내 요구에 따라 마거릿은 이따금 최근에 나온 저서의 일부나 의회에서 벌어진 토론의 일부를 나한테 읽어주었다. 이것들은 대개 인간 지성의 앙금과 찌꺼기라고 나는 생각했다. 그리고 건전한 두뇌를 가지고 학자답게 능숙한 솜씨로 논리를 휘두르는 데 익숙한 사람이라면 누구나, 현대 경제학자 전체를 집어들어 하늘과 땅 사이에서 엄지와 검지로 그들을 목졸라 죽이거나 부인용 부채*로 그들의 곰팡이 같은 머리를 빻아서 가루로 만들 수도 있을 거라고 생각했다.

  마침내 1819년에 에든버러의 한 친구가 리카도 씨의 저서**를 나에게 보내주었다. 나는 이 학문의 입법자가 출현할 거라는 나의 예언자적 기대를 상기하면서, 그 책의 제1장을 다 읽기도 전에 말했다. "당신이 바로 그 사람이다!"*** 경탄과 호기심은 내 마음속에서 죽은 지 오래된 감정이었다. 하지만 나는 다시 한 번 경탄했다. 또다시 자극을 받아 책을 읽으려고 노력할 수 있게 된 나 자신에게 경탄했다. 그리고 그 책에 대해서는 훨씬 더 경탄했다. 이 심오한 책이 정말로 19세기 영국에서 씌

---

*셰익스피어의 《헨리 4세》 제1부 2막 3장에 나오는 핫스퍼의 대사. "제기랄, 겁쟁이 녀석. 놈이 여기 있었다면, 놈의 마누라 부채로 정수리를 쪼개줄 텐데"와 비슷한 울림이 있을 것이다.
**《경제학 및 과세의 원리》가 출판된 것은 1817년. 친구인 에든버러 대학 교수 존 윌슨이 드 퀸시에게 이 책을 보내주고, 에든버러의 종합잡지 《블랙우즈》에 실을 서평을 써달라고 부탁했다.
*** 구약성서 〈사무엘 하〉 12장 7절.

어졌단 말인가? 과연 그게 가능했을까? 나는 영국에서 사상*
이 절멸한 줄 알았다. 영국인이, 게다가 대학의 그늘에 있는 것
도 아니고 상업상의 걱정과 의원으로서의 걱정에 짓눌려 사
는** 사람이 어떻게 그런 위대한 업적을 이룩할 수 있었을까?
유럽의 모든 대학이 한 세기 동안 생각해도 머리털 하나의 너
비만큼도 전진하지 못했는데, 어떻게 그것이 가능했을까? 다
른 저자들은 모두 사실과 자료의 엄청난 무게에 짓눌려 압도당
하고 말았다. 그러나 리카도 씨는 감당하기 어려운 방대한 자
료의 혼돈 속에 처음으로 한 줄기 빛을 던진 법칙을 추상적 사
고력 그 자체에서 '선험적으로(à priori)' 추론하여, 시험적 논의
의 집합에 불과했던 것을 이제 비로소 영구적인 토대 위에 세
워진 균형 잡힌 학문으로 만든 것이다.

그리하여 심오한 추상적 사고력이 낳은 유일한 책이 몇 년
동안이나 맛보지 못한 기쁨과 활력을 나에게 주었다. 나는 거
기에 자극을 받아 글을 쓰기까지 했다. 아니, 적어도 마거릿에
게 구술할 의욕이 생겼고, 마거릿은 그것을 기록해주었다. 내

---

*〔원주〕 여기서 내가 '사상'이라는 말을 무슨 뜻으로 썼는지, 독자들은 명심할 필요
가 있다. 그러지 않으면 이것은 매우 건방진 표현일 것이기 때문이다. 최근 영국은
창조적이고 종합적인 사상 분야에서 훌륭한 사상가를 지나칠 만큼 충분히 배출했
지만, 분석적인 사상 분야에서는 남자 사상가가 통탄할 만큼 부족하다. 어느 저명
한 스코틀랜드인이 최근에 말한 바에 따르면, 그는 주위에서 들어오는 자극이 없
기 때문에 수학조차도 그만둘 수밖에 없다고 한다.
**리카도는 증권거래소의 직원이자 하원의원이었다.

가 보기에는 리카도 씨의 "피할 수 없는 눈"*조차도 무언가 중요한 진리를 놓친 것 같았다. 이 진리들은 대부분 경제학자들이 평소에 쓰는 서투르고 에두른 표현법보다는 내가 수학 기호로 더 간결하고 우아하게 표현하거나 설명할 수 있는 성질의 것이었기 때문에, 전체를 기록한다 해도 수첩 한 권을 다 채우지 못했을 것이다. 이때에도 나는 전반적으로 힘든 일을 할 수 없는 상태였지만, 진리가 그렇게 간단했기 때문에 마거릿을 서기로 삼아 《미래의 정치경제학 체계 서설》**을 썼다. 나는 이 책에서 아편 냄새가 나지 않기를 바란다. 하지만 사실 말하면, 대다수 사람에게는 이 책의 주제 자체가 충분히 졸음을 유발하는 아편제다.

하지만 이 노력은 결과가 보여주듯 일시적인 번득임에 불과했다. 나는 내 저서를 출판할 계획이었기 때문이다. 30킬로미터쯤 떨어진 지방 인쇄소에서 책을 인쇄하기로 결정했다. 이 일을 위해 식자공 한 명을 며칠 동안 추가로 고용했다. 내 저서는 두 번이나 광고되었고, 일이 이렇게 되자 나는 어떤 의미에서는 내 계획을 반드시 실행해야 하는 의무가 생겼다. 그런데 책을 출판하려면 서문을 써야 했고, 헌정사도 써야 했다. 나는 리카도 씨에게 바치는 멋진 헌정사를 쓰고 싶었다. 하지만 도저히 그 일을 해낼 수가 없었다. 출판 계획은 취소되었고, 식자

---

*드 퀸시는 "언제면, 바쁜 세상의 매력보다 학문에 적합한 여유를 좋아하고……"로 시작되는 워즈워스의 시 82행의 "피할 수 없는 귀"를 염두에 두었을 것이다.
**이 책이 《정치경제학의 논리》로 완성되어 출판된 것은 훨씬 뒤인 1844년이다.

공은 해고되었으며, 내 《서설》은 그보다 오래되고 더 위엄있는 형* 옆에서 평화롭게 잠이 들었다.

이것으로서 나는 아편의 키르케**적 마법에 사로잡혀 있던 4년의 각 시기에 다소나마 적용되는 표현으로 내 지적 마비 상태를 묘사하고 설명했다. 비참함과 고통이 없었다면, 실제로 나는 수면 상태로 존재했다고 말할 수 있다. 나는 편지 한 통 쓸 마음도 좀처럼 내키지 않았고, 내가 받은 편지에 몇 마디 답장을 쓰는 게 고작이었다. 그나마도 받은 편지를 책상 위에 몇 주 동안, 심지어는 몇 달 동안 놓아둔 뒤에야 겨우 답장을 썼다. 마거릿이 도와주지 않았다면, 이미 지불한 청구서나 앞으로 지불해야 할 청구서의 기록은 모두 사라졌을 것이고, 정치경제학은 어떻게 되었든, 내 가정 경제는 돌이킬 수 없는 혼란에 빠졌을 것이다. 앞으로는 이런 사정을 언급하지 않겠지만, 아편쟁이는 자신이 무능하고 무력하다는 느낌 때문에, 날마다 마땅히 해야 하는 의무를 소홀히 하거나 뒤로 미루었을 때 당연히 느끼는 직접적인 당혹감 때문에, 그리고 이 죄악이 사려 깊고 양심적인 마음에 주는 고통을 자주 악화시키는 뉘우침 때문에, 결국 가정 경제의 혼란을 다른 것 못지않게 가혹한 고통으로 생각할 것이다. 아편쟁이는 도덕감이나 동경심을 전혀 잃지 않는다. 아편쟁이는 자신이 가능하다고 믿는 일을 실현하고

*앞에서 말한 《인간 지성의 개선》을 말한다.
**그리스 신화에 나오는 마녀. 헬리오스의 딸로, 인간에게 마법의 술을 먹이고 마법의 지팡이로 때려 돼지로 만들었다고 한다.

싶어 하고, 전과 다름없이 진지하게 갈망한다. 또한 의무가 그것을 요구한다고 느낀다. 하지만 지적으로는 가능하게 여겨지는 일도 막상 하려고 들면 그의 능력을 훨씬 넘어선다. 실행할 수 없는 것은 물론, 시도조차도 하기 어렵다. 그는 마음의 부담과 악몽의 무게에 짓눌려 있다. 사람을 무력하게 만드는 병 때문에 어쩔 수 없이 침대에 누워서 가장 사랑하는 대상에게 가해지는 모욕이나 폭행을 지켜볼 수밖에 없는 사람처럼, 아편쟁이는 자기가 기꺼이 하고 싶은데도 할 수 없는 일을 모두 지켜보면서 누워 있다. 그는 자기를 꼼짝 못하게 속박하는 마법을 저주한다. 일어나서 걸을 수만 있다면 목숨도 기꺼이 버릴 것이다. 하지만 그는 아기처럼 무력해서, 일어나려는 시도조차 할 수 없다.

　이제 드디어 이 고백 후반부의 주요 주제, 즉 내 꿈속에서 일어난 것들의 역사와 일지로 넘어가겠다. 그것이야말로 내가 겪은 가장 격렬한 고통의 직접적인 원인이자 시간적으로 가장 가까운 원인이었기 때문이다.

　내 신체 조직 내에서도 꿈과 관련된 이 부분에서 중요한 변화가 일어나고 있음을 내가 처음 알아차린 것은 대개 어린 시절이나 신경이 극도로 예민해졌을 때 나타나는 눈의 상태가 다시 눈을 떴기 때문이다. 독자들이 알고 있는지는 모르지만, 많은 아이들—아마 대부분의 아이들—이 암흑 위에 온갖 종류의 환영을 그리는 능력을 가지고 있다. 어떤 경우에는 그 능력이 단순히 물리적인 눈병 때문에 생겨나지만, 환영을 자유의사로, 또는 반쯤 자유의사로 물리치거나 불러낼 수 있는 경우도 있다. 이 문제에 대해 내가 어떤 아이에게 물었을 때, 그 아이는 이렇게 대답했다. "나는 환영한테 떠나라고 말할 수 있어요. 그러면 환영들은 사라져요. 하지만 때로는 내가 오라고 하지도 않는데 환영들이 멋대로 나타날 때도 있어요." 그래서 나는 그 애한테 말해주었다. 고대 로마의 백인 대장이 부하 병사들에게 거의 무제한의 지배권을 가졌듯이, 너도 유령들에게 거의 무제한의 지배권을 가졌다고.

이 능력이 나에게 결정적으로 고통스러워진 것은 아마 1817년 중엽이었을 것이다. 밤중에 내가 침대에 누워 있을 때, 수많은 환영들이 화려한 장례행렬처럼 내 눈앞을 지나갔다. 영원히 끝나지 않는 이야기가 벽의 장식띠처럼 이어졌다. 그것은 마치 오이디푸스나 프리아모스 이전, 티루스 이전, 멤피스* 이전 시대에서 끌어낸 이야기처럼 슬프고 엄숙하게 느껴졌다. 그와 동시에 거기에 대응하는 변화가 내 꿈속에서 일어났다. 내 뇌리에 갑자기 극장이 열리고 환하게 불이 켜진 것 같았다. 극장에서는 밤마다 이 세상의 것이라고는 생각할 수 없을 만큼 화려하고 웅장한 광경을 보여주었다. 이 당시 주목할 만한 일로 다음 네 가지 사실을 언급할 수 있을 것이다.

1. 환영을 창조하는 눈의 상태가 심해지면, 뇌가 깨어 있는

---

*오이디푸스: 스핑크스의 수수께끼를 풀고, 숙명 때문에 부모와의 관계를 모른 채 아버지를 죽이고 생모를 아내로 삼은 테베의 왕. 진상을 알고는 제 눈을 뽑아버렸다. 프리아모스: 트로이의 마지막 왕. 트로이 전쟁으로 나라가 망하면서 함께 죽었다. 티루스: 고대 페니키아의 수도. 멤피스: 고대 이집트의 수도.

상태와 꿈꾸고 있는 상태 사이의 어느 한 점에서 공명이 일어나는 것 같았다. 내가 임의로 어떤 환영을 불러내어 어둠 위에 그 윤곽을 그리면, 그것은 내 꿈으로 자리를 옮기는 경향이 있는 듯했다. 그래서 나는 이 능력을 발휘하기를 두려워했다. 미다스 왕*이 만물을 황금으로 바꾼 것이 오히려 그의 희망을 좌절시키고 그의 인간적 욕망을 빼앗았듯이, 시각적으로 표현할 수 있는 것을 내가 어둠 속에서 생각하기만 하면 그것은 당장 환영이 되어 내 눈 속에 나타나곤 했다. 보기에는 그에 못지않게 필연적인 과정을 거쳐 이렇게 일단 희미하고 환상적인 색깔로 윤곽이 그려지면, 그 환영들은 은현잉크**로 쓴 글씨처럼 내 꿈의 격렬한 화학작용으로 견디기 어려울 만큼 화려한 광채를 띠고 나타나 내 마음을 괴롭혔다.

2. 이것을 비롯하여 내 꿈속에서 일어난 모든 변화는 말로는 완전히 표현할 수 없는 뿌리 깊은 불안과 암담한 우울을 수반하고 있었기 때문이다. 나는 밤마다 깊이 갈라진 틈과 햇빛이 닿지 않는 심연 속으로, 깊은 곳보다 밑에 있는 더 깊은 곳으로, 비유적으로가 아니라 문자 그대로 내려가는 것 같았다. 그 깊은 곳에서 다시 올라올 가망은 없어 보였다. 나는 잠에서 깨어남으로써 그 심연에서 다시 올라왔다고 느끼지도 못했다. 여

---

*그리스 신화에 나오는 프리지아의 왕. 주신(酒神) 디오니소스 덕분에 손에 닿는 것은 모두 황금으로 변하게 하는 힘을 얻었으나, 먹으려는 음식과 사랑하는 외동딸마저 황금으로 변하자, 슬퍼하던 끝에 디오니소스에게 빌어 그 힘을 버렸다고 한다.
**종이를 가열하거나 적당한 화학약품으로 처리해야 쓰인 글씨를 읽을 수 있는 잉크.

기에 대해서는 자세히 말하지 않겠다. 이런 멋진 광경에 수반되는 암흑 상태는 자포자기하여 낙심했을 때처럼 마침내 완전한 어둠이 되면, 도저히 말로 접근할 수는 없기 때문이다.

3. 공간 감각—그리고 결국에는 시간 감각—은 둘 다 강력하게 영향을 받았다. 건물과 풍경 등이 육안으로는 받아들일 수 없을 만큼 거대해 보였다. 공간은 부풀어올라 형언하기 어려울 만큼 무한한 크기로 확대되었다. 하지만 이것은 시간의 거대한 팽창만큼 나를 혼란에 빠뜨리지는 않았다. 나는 때로는 하룻밤 사이에 70년이나 100년을 산 것처럼 느껴졌다. 아니, 때로는 하룻밤 사이에 1천 년이 지나간 듯한 느낌, 또는 인간이 경험할 수 있는 한계를 훨씬 넘어서는 긴 시간이 흐른 듯한 느낌이 들었다.

4. 어린 시절의 지극히 사소한 사건이나 훗날의 잊힌 장면들이 자주 되살아났다. 내가 그것들을 회상했다고 말할 수는 없다. 내가 깨어 있을 때 그 사건이나 장면들에 대한 이야기를 들었다면, 그것을 내 과거 경험의 일부로 인정할 수는 없었을 것이기 때문이다. 하지만 그것이 꿈속에서 직관처럼 내 앞에 놓이고, 그것이 덧없이 사라져간 사정과 거기에 따라다니는 다양한 감정이 그것을 감싸면, 나는 당장 그 사건이나 장면들을 생각해냈다. 언젠가 어머니가 말해준 바에 따르면, 어머니는 어렸을 때 강에 빠져 하마터면 죽을 뻔했지만 때마침 결정적인 도움의 손길이 뻗쳐와서 겨우 목숨을 건졌는데, 그 순간 생애 전체가 지극히 사소한 사건에 이르기까지 마치 거울에 비친 것처럼 동시에 눈앞에 배열되는 것을 보았다는 것이다. 자신의

생애 전체와 각 부분을 모두 파악하는 능력이 한순간 갑자기 발달한 것이다. 나는 아편을 복용한 경험 때문에 이 말을 믿을 수 있다. 실제로 나는 근대의 책들*에서 이것과 같은 주장을 두 번 보았고, 거기에 덧붙여진 말이 진실이라고 확신한다. 즉 성서가 말하고 있는 무서운 책**은 사실 각 개인의 마음 자체라는 것이다. 나는 적어도 여기에 대해서는 확신하고 있다. 마음이 '잊을' 수 있는 일 따위는 존재하지 않고, 수많은 사건이 우리의 현재 의식과 마음에 새겨진 비밀 기록 사이에 베일을 칠 수도 있고 앞으로도 베일을 치겠지만, 같은 종류의 사건들이 이 베일을 찢어버리기도 할 것이다. 하지만 베일이 쳐졌든 벗겨졌든, 마음에 새겨진 기록은 영원히 남는다. 그것은 별들이 낮의 햇빛 앞에서는 물러가는 것처럼 보이지만, 사실은 햇빛이 베일처럼 별들을 가리고 있을 뿐이고, 별들은 별빛을 가리는 햇빛이 물러가면 자기 모습을 드러내려고 기다리고 있다는 것을 우리는 모두 알고 있다.

   나는 내 꿈과 건강한 사람들의 꿈을 인상적으로 구별하는 것으로서 이 네 가지 사실을 언급했기 때문에, 이제 첫 번째 사실을 예증하는 사례를 인용한 다음, 내가 기억하는 다른 사례들을 인용하겠다. 사례는 연대순으로 인용하거나, 아니면 독자들에게 그림처럼 더 많은 효과를 주는 방식으로 인용할 작정이다.

---

*스웨덴의 신비주의 철학자 스베덴보리(1688~1772)의 《천국과 지옥》과 콜리지의 《문학적 자서전》.
**〈요한계시록〉 20장 12절에 나오는 《생명의 서》.

나는 젊은 시절만이 아니라 그 후에도 이따금 즐거움을 얻기 위해 리비우스*의 책을 탐독하곤 했다. 솔직히 말하면 나는 문체와 내용 때문에 로마의 어떤 역사가보다도 리비우스를 더 좋아한다. 그리고 리비우스의 책에 자주 나오는 두 낱말 '로마 집정관(Consul Romanus)'은 더없이 엄숙하고 무서운 울림으로 느껴질 때가 많았고, 특히 집정관이 군사적 성격으로 소개될 때는 로마인의 위엄을 가장 강력하게 상징하는 표상으로 느껴졌다. 내가 말하고자 하는 것은 왕과 술탄, 섭정을 비롯하여 위대한 국민의 집단적 위엄을 구현하고 있는 사람들의 다양한 칭호들 가운데 '로마 집정관'이라는 칭호만큼 나에게 공경하는 마음을 불러일으키는 칭호는 없었다는 것이다. 나는 역사책을 많이 읽은 사람은 아니지만, 영국 역사의 한 시기, 즉 의회 전쟁** 시기에 대해서는 자세히 그리고 비판적으로 정통해 있었다. 당시 두각을 나타낸 몇몇 사람들의 도덕적 위대함과 그렇게 혼란스러운 시대를 살아남은 다수의 흥미로운 회고록이 내 마음을 끌어당겼기 때문이다.

이런 가벼운 독서는, 지금까지는 나에게 반성의 재료를 자주 제공했지만, 이제는 내 꿈의 재료를 제공해주었다. 나는 깨어 있는 동안 텅 빈 어둠 위에 그림을 그리며 일종의 예행연습

---

*티투스 리비우스(기원전 59~서기 17년): 로마의 역사가. 로마 건국부터 아우구스투스의 세계 통일에 이르는 역사를 기술한 《로마 건국사》를 저술했다.
**찰스 1세의 왕당파와 올리버 크롬웰이 이끄는 의회파의 싸움(1642~1649). 찰스 1세의 처형으로 이른바 청교도혁명이 이루어졌다.

을 한 뒤, 꿈에서 한 무리의 귀부인, 그리고 아마 축제와 무도회 장면을 자주 보았다. 그리고 꿈이 말하거나 내가 나 자신에게 말하는 것을 들었다. "이들은 찰스 1세가 다스린 불행한 시대의 영국 귀부인들이다. 이들은 평화로운 시대에는 서로 만나서 같은 식탁에 앉아 식사를 하고 결혼이나 혈연으로 연결되었던 사람들의 아내와 딸들이다. 하지만 1642년 8월의 어느 날* 이후로는 두 번 다시 서로에게 미소를 짓지 않았고, 전쟁터가 아닌 곳에서는 만나지도 않았다. 마스턴 무어나 뉴버리나 네이즈비**에서 이들은 잔인한 칼로 사랑의 모든 유대를 댕강댕강 끊어버리고, 오랜 우정의 기억을 피로 씻어냈다." 귀부인들은 춤을 추었고, 조지 4세의 궁정만큼 아름다워 보였다. 하지만 나는 꿈속에서도 그 귀부인들이 거의 2세기 동안 무덤 속에 누워 있었다는 것을 알았다. 이 화려한 광경은 갑자기 사라질 것이고, 손뼉을 치면 '로마 집정관'이라는 가슴 떨리는 소리가 들려올 것이다. 그러면 화려한 군복 차림으로 백인 대장들에게 둘러싸인 파울루스나 마리우스***가 진홍빛 투니카****를 창끝에 꿰어 치켜든 채, 로마 군단의 함성이 따르는 가운데 위풍당당

---

*8월 22일. 이 날 왕당파 군대는 잉글랜드 중부의 노팅엄에서 개전의 깃발을 올렸다.
**마스턴 무어: 잉글랜드 북동부 요크 서쪽에 있는 저지. 1644년 7월 2일, 의회파가 왕당파를 격파한 곳. 뉴버리: 잉글랜드 남부 버크셔의 주도. 1644년 10월 27일 이곳에서 격전이 벌어졌다. 네이즈비: 잉글랜드 중부 노샘프턴셔의 마을. 1645년 6월 14일, 의회파의 신형군(New Model Army)이 왕당파 군대를 격파한 곳.

하게 등장할 것이다.

오래전, 내가 피라네시*의 《로마의 고대 유물집》을 보고 있을 때, 내 옆에 서 있던 콜리지 씨가 그 화가의 동판화집에 대해 말해주었다. 《꿈》이라는 제목의 그 동판화집은 화가가 열병에 걸려 섬망상태에 빠져 있을 때 본 환상을 기록한 것이라고 한다. 그중 일부는(나는 콜리지 씨에게 들은 이야기 중에서 기억나는 것만 말하고 있을 뿐이다) 거대한 고딕식 저택을 묘사하고 있다. 저택의 마룻바닥에는 온갖 엔진과 기계, 수레바퀴, 케이블, 도르래, 지레, 투석기 따위가 놓여 있었다. 이것들은 엄청난 힘을 마음껏 쏟아내고 저항을 극복한 것을 표현하고 있었다. 벽을 따라 천천히 나아가면 계단이 보이고, 그 계단을 손으로 더듬으면서 천천히 올라가고 있는 것은 바로 피라네시 자신이다. 계단을 좀 더 올라가면 계단이 갑자기 끝나고, 끝부분에는 난간도 없다. 계단 끝에 도달한 피라네시는 더 이상 위로 올라갈 수 없다. 한 발짝만 더 내디디면 아래쪽의 깊은 심연으로 떨어질 수밖에 없다. 가엾은 피라네시가 어떻게 되든 그의 노고는 어떤 식으로든 여기서 끝날 수밖에 없다고, 어쨌든 당

***루키우스 파울루스(기원전 229~160): 고대 로마의 정치가·장군. 이베리아 반도를 원정했고 제3차 마케도니아 전쟁으로 마케도니아 왕국을 멸망시켰다. 가이우스 마리우스(기원전 157~86): 고대 로마의 장군·정치가. 일곱 차례나 집정관을 지냈으며, 유구르타 전쟁에서 승리를 거두었고, 게르만족을 정복하여 조국의 근심거리를 없앴다.
****고대 로마 시대에 입었던 겉옷. 길고 낙낙한 티셔츠 형태로, 소매가 있는 것과 없는 것, 허리띠가 있는 것과 없는 것 등 여러 가지가 있었다.
*조반니 바티스타 피라네시(1720~1778): 이탈리아의 동판화가·건축가.

신은 그렇게 생각할 것이다. 하지만 눈을 들어 더 높은 곳에 있는 두 번째 계단을 보라. 그 계단에도 피라네시가 있다. 하지만 이번에는 심연 바로 가장자리에 서 있다. 다시 눈을 들어, 더 높은 곳에 있는 계단을 보라. 거기에서도 가엾은 피라네시가 더 위로 올라가려고 열심히 애쓰고 있다. 그러기를 계속하면, 마지막에는 미완성된 계단과 파라네시가 둘 다 저택 천장의 어둠 속으로 사라진다. 내 꿈속에서도 이와 마찬가지로 성장과 자기증식을 끝없이 계속하는 능력으로 건축이 이루어졌다. 실제로 내 병의 초기 단계에서 내가 꾼 꿈은 주로 웅장하고 화려한 건축물이었다. 나는 공상에 잠겨 있을 때가 아니면 깨어 있는 눈이 아직 본 적이 없는 화려한 도시와 궁전들을 보았다. 위대한 현대 시인*이 실제로 공상에 잠겼을 때 본 광경을 묘사한 작품 일부를 여기에 인용하겠다. 그 광경은 대부분 내가 꿈에서 자주 본 것과 비슷했다.

> 그 순식간에 펼쳐진 광경은
> 거대한 도시의 모습이었다—대담하게 말하면
> 그것은 경이로운 심연으로 멀리 스스로 잠기고,
> 웅장한 심연으로—끝없이 가라앉는 건물의 광야!
> 그것은 다이아몬드와 금으로 지은 건물처럼 보였다.
> 설화석고로 만든 둥근 지붕, 은으로 만든 첨탑,

---

*워즈워스를 가리킨다. 인용문은 워즈워스의 《소요》 제2권 834~856행.

높이 들어올려져 눈부시게 빛나는 테라스들.
이쪽에는 조용한 정자들이 가로수길에 배치되어 빛나고,
저쪽에는 수많은 탑이 흉벽에 둘러싸여 우뚝 솟아 있고,
항상 움직이는 그 정면에는
별들이 박혀 있다—온갖 보석의 찬란한 광채!
지금은 진정된 폭풍의 어두운 재료 위에,
거기에 그리고 후미진 작은 만에,
또한 가파른 산비탈과 산꼭대기에—
안개는 그곳으로 물러가서
짙푸른 하늘 아래 자리를 잡았다—
찬란한 빛의 효과를 만들어낸 것은
지상의 자연이었다.

이 숭고한 광경—"항상 움직이는 그 정면에는 별들이 박혀 있는" 흉벽—은 마치 내가 꿈에 본 건축물을 베낀 것 같았다. 실제로 그런 광경이 내 꿈에 자주 나타났기 때문이다. 근대에는 드라이든과 푸젤리*가 웅장하고 화려한 꿈을 꾸려면 날고기를 먹는 것이 좋다고 생각했다고 한다. 그런 목적이라면 차라리 아편을 마시는 편이 훨씬 낫지만, 그렇게 했다고 전해지는 시인은 극작가 섀드웰**을 빼고는 아무도 기억하지 않는다. 고

---

*존 드라이든(1631~1700): 왕정복고 시대 최고의 시인·극작가·비평가. 헨리 푸젤리(1741~1825): 영국에 귀화한 스위스 화가. 유명한 그림 〈악몽〉의 작가.
*토머스 섀드웰(1642~1692): 드라이든의 뒤를 이어 계관시인이 된 시인이자 극작가.

대에는 호메로스가 아편의 효능을 알고 있었다는데, 확실히 그럴 거라고 생각한다.

건축물의 꿈에 이어 나타난 것은 호수와 넓게 펼쳐진 은빛 수면의 꿈이었다. 이 꿈은 너무 자주 나타나서 나는 (이런 말을 하면 의사한테는 아마 바보처럼 보이겠지만) 뇌수종이나 그런 징후*가 꿈의 형태를 빌려 (형이상학적인 낱말을 사용하면) 자신을 '객관화'하고 있을지도 모른다고, 뇌라는 지각기관이 자신을 객체로서 '투영'하고 있을지도 모른다고 생각했다. 두 달 동안 나는 심한 두통에 시달렸다. 내 머리는 그때까지 (육체적으로 말해서) 쇠약한 기미가 전혀 없는 신체 기관이었다. 그래서 나는 최후의 옥스퍼드 경**이 자기 위장에 대해 말했듯이, 내 몸의 다른 부분이 모두 죽어도 뇌만은 살아남을 것 같다고 말하곤 했다. 지금까지 나는 두통은커녕, 나 자신의 어리석은 짓이 초래한 류머티즘성 통증을 제외하고는 지극히 가벼운 통증조차도 느껴본 적이 없었다. 이 두통은 아주 위험한 상태에 가까웠을 게 분명한데도 나는 이 두통의 습격을 이겨냈다.

물은 이제 그 성질을 완전히 바꾸었다. 거울처럼 반짝이는 투명한 호수가 이제는 바다와 대양이 되었다. 그리고 이제 엄청난 변화가 다가왔다. 그것은 몇 달 동안 두루마리처럼 천천

---

*드 퀸시의 누나 엘리자베스는 아홉 살 때 뇌수종으로 죽었다. 또한 나중에 그의 맏아들 윌리엄도 열여덟 살 때 같은 병에 걸리게 된다.
**호레이스 월폴(1717~1797)을 말한다. 최초의 공포소설 《오트란토 성》(1765)의 작가로 유명하며, 서간집도 유명하다. 옥스퍼드 경의 혈통은 그를 마지막으로 단절되었다.

히 펼쳐지면서, 지속적인 고통이 될 조짐을 보였다. 실제로 그 고통은 아편을 끊을 때까지 내게서 떠나지 않았다. 그때까지 인간의 얼굴이 내 꿈에 섞이는 일은 자주 있었지만, 독재적으로 횡포를 부리지도 않았고 나를 괴롭히는 특별한 힘을 가진 것도 아니었다. 하지만 이제 내가 사람 얼굴의 폭정이라고 부른 것이 전개되기 시작했다. 어쩌면 내 런던 생활의 어떤 부분*이 그 원인일지도 모른다. 어쨌든 지금은 넘실거리는 바닷물 위에 인간의 얼굴이 나타나기 시작했다. 바다는 하늘을 향한 수많은 얼굴로 뒤덮인 것 같았다. 간청하는 얼굴, 분노에 찬 얼굴, 절망한 얼굴이 수천 개, 수만 개, 몇 세대, 몇 세기에 걸쳐 나타났다. 내 불안은 이루 헤아릴 수 없었고, 내 마음은 바다와 함께 뒤흔들리고 굽이쳤다.

1818년 5월

그 말레이인은 몇 달 동안 무서운 적이었다. 나는 밤마다 그를 통해 아시아로 운반되었다. 이 점에서 다른 사람들도 나와 같은 기분을 느낄지는 모르지만, 내가 영국을 떠나 중국으로 건너가서 중국의 풍습과 생활양식과 풍경 속에서 살아야 한다면 미쳐버릴 거라고 생각할 때가 많았다. 내 공포의 원인은 깊은 곳에 자리잡고 있다. 그 원인들 가운데 일부는 다른 사람들도 공통적으로 갖고 있을 게 분명하다. 대체로 남아시아는 무

---

*1856년의 개정판에서는, 인간 얼굴의 악몽을 부른 것은 "물결치는 군중 속에서 앤을 찾아다닌" 탓이라고 설명했다.

서운 형상과 연상이 깃들인 곳이다. 남아시아는 인류의 요람으로서, 세계에서 유일하게 그것과 결부된 경건한 느낌을 희미하게나마 갖고 있다.

하지만 다른 이유들도 있다. 아프리카나 다른 지역의 미개부족들이 믿고 있는 조잡하고 야만적이고 변덕스러운 미신이 인도 등지의 종교들—오랜 역사를 가진 기념비적 종교, 잔인하지만 복잡하고 정교한 종교들—과 똑같이 자신에게 영향을 준다고는 아무도 말할 수 없다. 아시아의 문물, 아시아의 제도와 역사와 신앙의 형태는 단지 오래된 것만으로도 너무 인상적이어서, 민족과 그 이름의 오랜 역사는 개별적인 젊음의 느낌을 압도한다. 젊은 중국인은 나에게는 노아의 홍수 이전에 살았던 사람이 되살아난 것처럼 보인다. 그런 사회체제를 전혀 모르고 자란 영국인들조차 아득히 먼 옛날부터 오랫동안 따로따로 흐르면서 섞이기를 거부한 '계급제도(caste)'의 불가해한 숭고함에는 전율하지 않을 수 없다. 그리고 갠지스 강이나 유프라테스 강이라는 이름을 들으면 누구나 경외감을 품지 않을 수 없다. 남아시아가 지난 수천 년 동안 그랬듯이 지금도 지구에서 가장 많은 인간이 우글거리는 거대한 '종족 제조소(officina gentium)'라는 사실이 이런 감정에 크게 이바지하고 있다. 이 지역에서는 인간도 잡초일 뿐이다. 아시아의 막대한 인구는 항상 거대한 제국 속에 던져졌고, 그 제국들도 동양의 모든 이름이나 형상과 결부되어 있는 느낌에 더욱 강한 숭고함을 부여한다.

중국의 경우, 이 나라가 남아시아의 나머지 지역과 공통적으로 갖고 있는 것 이외에 그 생활양식과 풍습, 그리고 내가 분석할 수 없을 만큼 깊은 감정이 우리 사이에 끼워놓은 장벽—강한 혐오감과 공감 결여—이 나를 두렵게 한다. 그들과 함께 사느니 차라리 미치광이나 잔인한 맹수와 사는 편이 낫다. 이 모든 것, 그리고 내가 차마 말할 수 없거나 말할 시간이 없는 것에 독자들은 공감해주어야 한다. 그래야만 동양의 형상과 신화적 고통으로 가득 찬 꿈이 나에게 심어준 상상할 수 없는 공포를 이해할 수 있다. 열대의 더위와 수직으로 내리쬐는 햇빛과 관련된 느낌 아래 나는 모든 열대지방에서 발견되는 온갖 피조물—새, 짐승, 파충류, 모든 나무와 식물, 관습과 현상—을 가져다가 중국이나 인도에 모아놓았다. 그 나라들과 비슷하다는 느낌 때문에 나는 곧 이집트와 이집트의 모든 신들도 같은 법칙에 따르게 했다. 원숭이와 앵무새와 코카투는 나를 노려보고, 야유하고, 이를 드러내고, 재잘재잘 떠들어댔다. 나는 절의 탑에 뛰어들어 몇 세기 동안이나 탑 꼭대기나 비밀 방에 붙박혔다. 나는 우상이었고 승려였다. 나는 숭배의 대상이었고, 제물이었다. 나는 브라흐마*의 분노를 피해 아시아의 모든 숲을 도망쳐 다녔다. 비슈누는 나를 증오했다. 시바는 매복하고 나를 기다렸다. 갑자기 나는 이시스**와 오시리스를 만났

---

*힌두교 신화에 나오는 우주 창조의 신. 비슈누(우주 유지의 신)와 시바(우주 파괴의 신)와 함께 세 주신의 하나.
**고대 이집트의 주요 여신으로, 오시리스의 누이동생이자 아내. 오시리스가 동생 세트에게 살해되자 그 시체 조각들을 주워 모아 남편을 부활시켰다.

다. 그들은 내가 따오기와 악어를 두려움에 떨게 하는 짓을 했다고 말했다. 나는 석관 속에 갇혀, 영원한 피라미드의 심장부에 있는 좁은 방에 미라와 스핑크스들과 함께 1천 년 동안 묻혀 있었다. 악어들은 나에게 입맞춤을 했는데, 그것은 나를 암에 걸리게 하는 입맞춤이었다. 나는 질척거리고 미끈미끈한 점액을 분비하는 형언하기 어려운 것들과 뒤섞여서 갈대와 나일 강의 진흙 속에 누워 있었다.

이것으로 나는 동양에 관한 내 꿈을 간단히 요약하여 독자들에게 전했다. 나는 그 꿈을 꿀 때마다 항상 기괴한 광경에 대한 놀라움으로 가득 차서, 공포도 한동안은 완전한 놀라움 속에 흡수되어버린 것 같았다. 하지만 조만간 그 놀라움을 삼켜버리는 감정의 역류가 일어나, 나는 내가 꿈에 본 것을 두려워하기보다 오히려 증오하고 혐오하게 되었다. 꿈에 나타나는 모든 형상, 위협, 형벌, 그리고 어두컴컴해서 아무것도 보이지 않는 감옥, 이 모든 것 위에 영원과 무한의 분위기가 내리덮여 광기와도 같은 압박감으로 나를 몰아넣었다. 한두 가지 사소한 예외는 있었지만, 육체적 공포를 불러일으키는 것이 등장한 것은 이런 꿈들뿐이었다. 그 이전의 공포는 모두 도덕적이거나 정신적인 공포였다. 하지만 이제 육체적 공포를 불러일으키는 주된 생물은 추악한 새나 뱀 또는 악어였다. 특히 악어가 문제였다.

저주스러운 악어는 나에게 어느 것보다도 강한 공포의 대상이었다. 나는 악어와 함께 살도록 강요당했고, 게다가 (내 꿈속에서는 거의 언제나 그랬듯이) 몇 세기 동안이나 악어와 함께 살아야 했다. 때로는 달아나기도 했지만, 정신을 차리고 보면 나는 등나무 탁자 따위가 있는 중국인의 집에 들어와 있었다. 탁자와 소파 따위의 다리는 모두 순식간에 생기로 가득 차게 되었다. 악어의 진저리나는 대가리와 심술궂은 눈이 나를 흘겨보며, 천 배로 수가 늘어났다. 나는 그들을 혐오하면서도 꼼짝 못하고 서 있었다. 이 소름끼치는 파충류는 내 꿈에 너무 자주 나타났기 때문에, 똑같은 꿈이 똑같은 방식으로 끝날 때가 수 없이 많았다. 나는 나에게 말을 거는 상냥한 목소리를 들었다(나는 자고 있을 때도 모든 소리를 듣는다). 그러면 당장 잠에서 깨어났다. 그것은 대낮이었고, 내 아이들이 손에 손을 잡고 침대 옆에 서 있었다. 아이들은 예쁜 색깔의 신발이나 새 옷을 보여주려고, 또는 나들이옷을 차려입은 모습을 보여주려고 온 것이다. 저주스러운 악어와 그 밖에 내 꿈에 등장하는 형언할 수 없는 괴물들과 기형의 생물들로부터 천진난만한 인간의 본성과 어린 아이의 모습으로 바뀌는 과정이 너무 격렬해서, 마음은 강력하고 갑작스러운 격변을 일으켰다. 나는 아이들의 얼굴에 입을 맞추면서 울었다. 울음을 참을 수가 없었다.

1819년 6월

내 인생의 여러 시기에 말할 기회가 있었지만, 우리가 사랑하는 사람들의 죽음과 일반적인 죽음에 대한 명상은—'다른 조건이 같다면(cœteris paribus)'—다른 계절보다 여름에 더 사람의 마음을 감동시킨다. 그 이유로는 다음 세 가지를 들 수 있을 것 같다. 첫째, 여름에는 하늘이 다른 계절보다 훨씬 더 높고 더 멀고 더 무한해 보인다. 우리 눈은 주로 구름을 이용하여 머리 위에 펼쳐져 있는 푸른 하늘의 거리를 측정하는데, 여름에는 구름이 훨씬 부피가 크고 밀집해 있고 훨씬 웅대하고 높은 무더기로 축적되어 있다. 둘째, 기울어가는 태양과 지는 태양의 빛과 모습이 '무한'의 표상과 특징*에 더 잘 어울린다. 셋째(이것이 주된 이유지만), 풍부하게 넘쳐흐르고 방종하게 낭비되는 생명력이 자연히 그와 대립하는 죽음에 대한 생각과 무덤의 황량한 모습 쪽으로 마음을 더 강하게 밀어붙이기 때문이다. 두 가지 사상이 대립의 법칙에 따라 서로 관계를 맺고, 말하자면 상호 반발을 통해 존재하는 경우, 일반적으로 그들은 서로 상대를 연상시키는 경향이 있다고 말할 수 있다. 이 때문에 끝없이 긴 여름날 혼자 걷고 있으면 죽음에 대한 생각을 마음에서 몰아낼 수가 없다. 그리고 그 계절에는 어느 특정한 죽음이 더 감동적이지는 않더라도 더 집요하게 내 마음에 달라붙어 괴롭힌다. 이런 이유들과 어느 사소한 사건(여기에 대한 설명은 생략하겠다)이 다음에 묘사할 꿈의 직접적인 원인이 되었을지도 모르지만, 그 꿈의 소인은 항상 내 마음속에 존재했을 게 분명하다. 하지만 일단 깨어난 꿈은 결코 나를 떠나지 않았고, 종잡을 수 없을 만큼 다양하게 수천 가지로 갈라졌다가 갑

---

*워즈워스의 시 〈심플론 고개〉의 마지막 시구 "위대한 '묵시'의 징후, '영원'의 표상과 상징"을 상기시킨다.

자기 재결합하여 다시 원래의 꿈을 이루곤 했다.

꿈속에서 나는 그게 5월의 어느 일요일 아침이라고, 부활절 일요일이라고, 그리고 아직 이른 아침이라고 생각했다. 나는 내 시골집 문간에 서 있는 것 같았다. 바로 내 앞에는 그 위치에서 정말로 볼 수 있는 장면이 펼쳐져 있었지만, 여느 때처럼 꿈의 힘으로 더 강렬하고 장엄해져 있었다. 꿈에도 현실과 같은 산들이 있었고, 산기슭에는 현실과 같은 아름다운 골짜기가 있었지만, 산들은 알프스 산맥보다 더 높아졌고, 산들 사이에 있는 목초지와 숲속의 풀밭은 실제보다 훨씬 넓어져 있었다. 울타리에는 백장미가 가득 피어 있고, 살아 있는 생물은 전혀 보이지 않았다. 다만 초록빛 교회 묘지에서 풀을 뜯던 소떼가 푸른 풀로 뒤덮인 무덤 위에서, 특히 내가 사랑한 아이*의 무덤 주위에서 평화롭게 쉬고 있는 모습이 보일 뿐이었다. 그것은 그 아이가 죽은 그 여름날 동트기 직전에 내가 실제로 본 광경과 똑같았다. 나는 그 익숙한 풍경을 뚫어지게 바라보면서 소리 내어(꿈속에서 나는 그렇게 생각했다) 혼잣말을 했다. "해가 뜨려면 아직 멀었어. 오늘은 부활절 일요일이야. 사람들이 부활의 첫 열매**를 축하하는 날이지. 밖으로 나가자. 오늘은 해묵은 슬픔을 잊어버리자. 공기는 서늘하고 조용해. 산은 높이, 하늘까지 뻗어 있어. 숲속의 빈터는 교회 묘지처럼 조용해. 아침 이슬로 내 이마의 열기를 씻어낼 수도 있어. 그러면

*워즈워스의 막내딸 캐서린(1808~1812)을 말한다.
**신약성서 〈고린도 전서〉 15장 20~23절 참조.

나는 더 이상 불행하지 않을 거야."

그러고는 정원 문을 열려는 것처럼 돌아섰다. 그러자 당장 왼쪽에 전혀 다른 풍경이 보였다. 하지만 꿈의 힘이 그것을 이전의 풍경과 조화시켜주었다. 새로 나타난 것은 동양의 풍경이었고, 때는 역시 부활절 일요일 이른 아침이었다. 저 멀리, 지평선 위에 묻은 얼룩처럼 대도시의 둥근지붕과 뾰족탑들이 보였다. 아마 어린 시절에 본 예루살렘 그림에서 얻은 이미지나 희미한 추상일 것이다. 그리고 내게서 화살의 사정거리도 안 될 만큼 가까운 바윗돌 위, 유대의 종려나무 그늘에 한 여자가 앉아 있었다. 가만히 보니 그것은—앤이었다! 앤은 진지한 표정으로 나에게 눈길을 고정시키고 있었다. 나는 가까스로 앤에게 말했다. "그러니까, 이제야 마침내 당신을 찾아냈군." 나는 대답을 기다렸지만 앤은 한마디도 하지 않았다. 앤의 얼굴은 내가 마지막으로 보았을 때와 똑같았지만, 역시 그때와는 얼마나 다른가! 17년 전 등불 빛이 그녀의 얼굴을 비추었을 때, 내가 마지막으로 그녀의 입술에 키스했을 때(앤이여, 당신의 입술은 나에게는 조금도 더럽지 않았다), 그녀의 눈은 눈물을 줄줄 흘리고 있었다. 그 눈물은 이제 닦였고, 앤은 그때보다 더 아름다워 보였지만, 다른 점에서는 그때와 똑같았고 나이도 들지 않았다. 앤의 표정은 평온했지만 유난히 진지했다. 나는 이제 경외의 눈길로 그녀를 바라보았다. 하지만 갑자기 그녀의 모습이 희미해졌다. 산 쪽을 돌아보니, 안개가 우리 사이를 굽이치며 흐르는 것이 보였다. 순식간에 모든 것이 사라지고, 짙은 어둠이 다가왔다. 눈 깜짝할 사이에 나는 산에서 멀리 떨어진 곳에 와 있었다. 런던의 옥스퍼드 가에서 등불 빛을 받으며 또다시 앤과 함께 걷고 있었다. 17년 전, 우리가 둘 다 아이였을 때 그랬던 것처럼.

마지막 예로, 1820년에 꾼 다른 성격의 꿈을 인용하겠다.
그 꿈은 이제 내가 꿈속에서 자주 듣게 된 음악으로 시작되었다. 그것은 무언가를 예비하는 음악, 긴장감을 일깨우는 음악, 〈대관식 축가〉*의 첫머리 같은 음악, '그것'처럼 거대한 행진—일렬종대로 행진하는 기병대의 끝없는 행렬—과 헤아릴 수 없이 많은 병사들의 군홧발 소리 같은 느낌을 주는 음악이었다.
중대한 고비가 될 날의 아침이 왔다. 그날은 당시 불가사의하게 쇠퇴하여 무서운 궁지에서 괴로워하고 있었던 인간성에 위기인 동시에 마지막 희망이 될 하루였다. 어딘가에서(그곳이 어디인지는 나도 알지 못했다), 어떻게든(어떻게인지는 나도 알지 못했다), 누군가가(누구인지는 나도 알지 못했다) 전투나 투쟁이나 고통을 치르고 있었다. 전투나 투쟁이나 고통의 몸부림이 위대한 연극이나 음악처럼 전개되고 있었다. 나는 싸움이 벌어진 장소, 싸움의 원인, 싸움의 성격, 그리고 그 싸움이 낳을 수 있는 결과를 전혀 몰랐기 때문에 더욱 싸움에 공감할 수 없었다. 꿈속에서는 대개 그렇듯이(꿈속에서는 우리가 필연적

*헨델(1685~1759)이 1727년에 조지 2세의 대관식을 위해 작곡한 곡.

으로 모든 움직임의 중심이 된다), 나는 싸움을 끝장낼 힘을 갖고 있기도 했지만, 그 힘을 갖고 있지 않기도 했다. 명령을 내리도록 나 자신을 일으킬 수 있다면 싸움을 끝장낼 힘이 있었지만, 대서양 스무 개의 무게가 나를 짓누르고 속죄할 수 없는 죄의 압박감이 나를 억눌렀기 때문에 나에게는 그럴 힘이 없었다. "이제껏 다림추가 내려간 것보다 훨씬 깊은"* 심연에 나는 무력하게 누워 있었다.

 이윽고 코러스처럼 열정이 깊어졌다. 무언가 더 중대한, 지금까지 어떤 칼이 주장한 것보다, 또는 어떤 나팔이 선언한 것보다 더 강력한 대의명분이 걸려 있었다. 그때 갑자기 경보가 울렸다. 우왕좌왕하는 사람들, 헤아릴 수 없이 많은 도망자들—그들이 좋은 대의명분에서 도망치는지 나쁜 대의명분에서 도망치는지는 나도 알 수 없었다—의 공포, 어둠과 빛, 대소동과 인간의 얼굴들, 그리고 마지막으로 모든 것이 사라졌다는 느낌과 함께 여자들의 형상, 나에게는 온 세상만큼 가치 있었던 얼굴들이 나타났지만, 그것은 한순간에 지나지 않았다. 이어서 꽉 맞잡은 손과 손, 가슴이 찢어지는 듯한 이별, 그리고—영원한 작별! 근친상간의 죄를 지은 어머니**가 혐오스러운 죽음의 이름을 부를 때 지옥의 모든 동굴들이 한숨을 내쉰 것처

---

*셰익스피어의 《폭풍우》 5막 1장 56행.
**밀턴의 《실낙원》에 나오는 '죄'를 말한다. 그녀는 '악마'의 딸로 '악마'와의 근친상간을 통해 '죽음'을 낳는다. "나는 도망쳤다. '죽음이다!' 하고 외치면서. 이 무서운 이름을 듣고 지옥은 부들부들 떨었다. 지옥의 모든 동굴에서 한숨과 함께 '죽음이다!' 하는 말이 울려 퍼졌다."(제2권 787~789행)

럼, 그 소리가 한숨과 함께 울려 퍼졌다—영원한 작별! 그리고 다시, 또다시 몇 번이고 울려 퍼졌다—영원한 작별!

나는 고통에 몸부림치며 깨어났다. 그리고 큰소리로 외쳤다—"나는 더 이상 잠자지 않겠다."*

그러나 이제는, 이미 지나치게 오래 계속한 이야기를 끝맺어야 한다. 지면에 좀 더 여유가 있었다면 내가 사용한 재료를 좀 더 잘 전개할 수 있었을지도 모르고, 내가 사용하지 않은 많은 재료들도 효과적으로 추가할 수 있었을 것이다. 하지만 이 정도만 이야기해도 충분할 것이다. 이제는 이 공포의 갈등이 마침내 결정적 고비에 이른 과정을 털어놓는 일만 남아 있다. 독자들은 (제1부 머리말 근처에 있는 구절을 읽고) 이 아편쟁이가 어떻게든 "나를 묶고 있던 저주스러운 쇠사슬을 거의 마지막 고리까지 풀었다"는 것을 이미 알고 있다. 어떤 방법으로 풀었느냐고? 원래의 의도에 따라 그 방법을 설명하려면 지금 나에게 허용된 지면을 훨씬 초과하게 될 것이다. 이렇게 납득할 만한 이유가 있어서 그것을 생략하는 것이고, 또한 이 문제를 더욱 신중하게 생각해보고 사람들의 감동을 불러일으키지 않는 사소한 사실을 늘어놓아, 아직 상습자가 되지 않은 아편쟁이들의 분별과 양심에 호소하기 위해 모처럼 쓴 이 이야

---

*맥베스가 "더 이상 잠자지 못할 것이다(shall sleep no more)"(《맥베스》 2막 2장)라고 말한 반면, 드 퀸시는 "더 이상 잠자지 않겠다(will sleep no more)"고 말한 것에 주의할 것. 전자는 잠을 잘 수 없는 것에 대한 공포, 후자는 잠을 자는 것(악몽을 꾸는 것)에 대한 공포를 말하고 있다.

기 자체의 인상을 망치는 것—또는 (이것은 훨씬 저열한 생각이지만) 이야기의 문장 효과까지도 망쳐버리는 것은 다행히 내키지 않는 일이었다. 현명한 독자들은 마법에 걸려 꼼짝 못하는 사람이 아니라 상대를 꼼짝 못하게 하는 마력에 주로 흥미를 가질 것이다. 이 이야기의 진정한 주인공, 독자들의 관심이 맴도는 진짜 중심은 아편쟁이가 아니라 아편이다. 이 이야기의 목적은 쾌락을 가져오든 고통을 가져오든, 아편의 불가사의한 작용을 보여주는 것이었다. 그 목적이 달성되면 이 글의 역할도 끝난 것이다.

하지만 어떤 사람들은, 그와 반대되는 모든 관례에도 불구하고, 아편쟁이가 그 후 어떻게 되었고 지금은 어떤 상태에 있느냐고 끈질기게 물을 것이기 때문에, 그런 이들을 위해 대답하겠다. 아편이 쾌락의 매력 위에 제국을 세우는 것을 이미 오래전에 그만두었다는 것은 독자들도 알고 있다. 그래도 아편이 지배력을 유지한 것은 오로지 아편을 끊으려는 시도와 관련된 고통 때문이었다. 하지만 그런 폭군과 관계를 끊지 않으면 확실히 다른 고통이 수반된다고 생각할 수 있었기 때문에, 두 가지 재앙 가운데 하나를 선택하는 길밖에 남지 않았다. 그것 자체는 아무리 무섭다 해도, 결국에는 행복으로 돌아갈 수 있다는 기대를 품게 해준 재앙을 택하는 편이 나을 것이다. 이것은 확실해 보인다. 하지만 논리가 아무리 훌륭해도, 논리는 거기에 따라 행동할 힘을 저자에게 주지는 않았다.

그런데 저자의 인생에 위기가 닥쳐왔고, 그에게 목숨보다

소중한 것들—그의 삶이 다시 행복해진 지금도 그것들은 영원히 그의 목숨보다 소중할 것이다—에도 위기가 닥쳐왔다. 나는 아편을 계속하면 죽을 수밖에 없다는 것을 알았다. 그래서 어차피 죽어야 한다면 아편과 관계를 끊고 죽기로 결심했다. 그 당시 내가 아편을 얼마나 많이 복용하고 있었는지는 말할 수 없다. 내가 복용한 아편은 어떤 친구가 나를 위해 사준 것이기 때문이다. 그 친구는 나중에 아편값을 받기를 거부했고, 그래서 나는 그해에 내가 얼마나 많은 양의 아편을 복용했는지도 확인할 수 없었다. 하지만 나는 아편을 매우 불규칙적으로 복용했고, 복용량도 하루에 50그레인이나 60그레인에서 150그레인에 이르기까지 다양했다. 나의 첫 번째 과제는 우선 복용량을 하루에 40그레인으로, 다음에는 30그레인으로, 그리고 최대한 빨리 12그레인으로 줄이는 것이었다.

나는 승리했다. 하지만 독자들이여, 그래서 내 고통이 끝났다고는 생각지 말라. 그렇다고 내가 풀이 죽은 상태로 우울하게 앉아 있었을 거라고 생각지도 말라. 넉 달이 지난 뒤에도 여전히 기분이 동요하고, 고통에 몸부림치고, 심장이 격렬하게 고동치고, 가슴이 떨리고, 마음이 산란한 사람으로 나를 생각해 달라. 제임스 1세 시대의 가장 무고한 수난자*가 기록으로

---

*〔원주〕 윌리엄 리스고. 그의 저서《《여행기》》는 현학적이고 조잡하게 씌어진 책이지만, 말라가에서 고문당한 이야기는 매우 감동적이다. 〔리스고(1582~1645)는 유럽·아시아·아프리카를 5만 킬로미터나 도보로 여행했다고 한다. 주요 저서는 《19년에 걸친 진귀한 모험과 괴로운 편력의 이야기》(1614)다—옮긴이〕

남긴 애처로운 고문 이야기를 읽고 그 고통의 상태가 어떨지를 내가 추측하듯, 고문당한 사람과 거의 같은 상태에 있는 사람으로 나를 생각해달라. 그동안 나는 에든버러의 어느 유명한 의사가 처방해준 약, 즉 쥐오줌풀 뿌리를 암모니아와 화합시킨 팅크제를 제외하고는 어떤 약의 도움도 받지 않았다. 따라서 내가 아편의 속박에서 해방된 것에 대해 의학적으로 말할 수 있는 것은 별로 없고, 말해봤자 나처럼 약이나 의학에 무지한 사람의 이야기는 오히려 남들을 잘못된 방향으로 이끌기 쉽다. 어쨌든 그런 이야기는 이 상황에 어울리지도 않을 것이다.

이 이야기는 아편쟁이에게 교훈을 주려는 것이고, 따라서 그 적용 범위가 한정될 수밖에 없다. 아편쟁이가 이 이야기에서 뭔가 교훈을 얻어 두려움에 떨면, 목적은 충분히 달성된 것이다. 하지만 아편쟁이는 이렇게 말할지도 모른다. 나의 사례는 17년 동안이나 아편을 복용하고 8년 동안이나 아편의 힘을 남용한 뒤에도 여전히 아편을 끊을 수 있다는 증거라고. 그리고 '자기'는 아편을 끊는 일에 나보다 많은 에너지를 쏟아 부을 수 있다고. 또는 자기는 나보다 체질이 튼튼하니까 힘을 덜 들이고도 나와 같은 결과를 얻을 수 있다고. 이 말은 사실일지도 모른다. 나는 내 노력을 기준으로 다른 사람들의 노력을 평가하려 들지 않겠다. 그 사람이 나보다 많은 에너지를 갖고 있기를 진심으로 바란다. 그 사람도 나처럼 성공하기를 진심으로 바란다. 하지만 나에게는 외적인 동기*가 있었다. 그런데 안타깝게도 그에게는 이 동기가 없을지도 모른다. 단순한 개인적

이익은 아편으로 쇠약해진 마음을 지탱해줄 수 없을지 모르지만, 이 외적인 동기는 나에게 양심의 버팀목을 제공해주었다.

제러미 테일러**는 태어나는 것도 죽는 것만큼 고통스러울지 모른다고 추측한다. 그것은 충분히 있음직한 일이라고 나도 생각한다. 아편 복용량을 줄이는 동안, 나는 하나의 존재방식에서 벗어나 다른 존재방식으로 들어가는 사람의 고통을 맛보았다. 결과는 죽음이 아니라 일종의 육체적 재생이었다. 마음이 덜 행복한 상태였다면 불운이라고 불렀을 어려움이 나를 짓눌렀지만, 그런 상황에서도 나는 그 후 줄곧 간헐적으로 젊은 이의 혈기 이상의 것을 되찾곤 했다고 덧붙여 말할 수 있다.

내 이전 상태의 기념물이 아직 하나 남아 있다. 내 꿈은 아직 완전히 평온하지 않다. 폭풍이 일으킨 무시무시한 물결과 불안은 완전히 가라앉지 않았다. 내 꿈속에 진을 친 군단은 철수하고 있지만, 아직은 다 떠나지 않았다. 내 잠은 여전히 소란스럽고, 인류 최초의 부모가 멀리서 돌아본 '낙원'의 문처럼 그곳에는 여전히 (밀턴의 멋진 시구를 빌리면)

무서운 얼굴들과 불타는 팔들이 혼잡하게 모여 있다.***

---

*사랑하는 처자식을 말한다.
**제러미 테일러(1613~1667): 찰스 1세의 전속 목사. 《성스러운 삶》(1650), 《성스러운 죽음》(1651)이라는 저서가 있다. 하지만 이것은 드 퀸시가 잘못 생각한 것으로, 그는 1856년의 개정판에서 '베이컨 경'으로 수정했다. 이 추측은 프랜시스 베이컨(1561~1626)의 수필 〈죽음에 대하여〉에서 발견된다.
***밀턴의 《실낙원》 제12권 644행.

부록

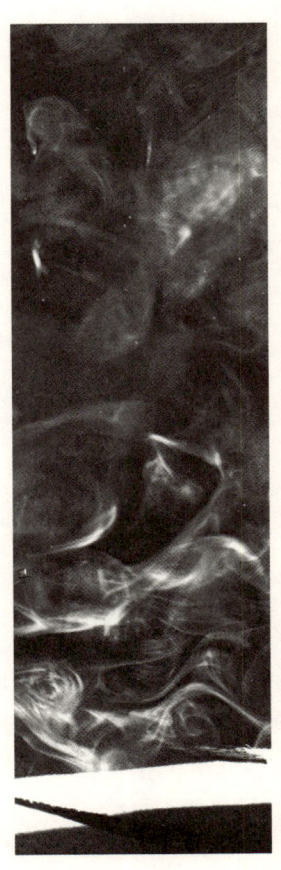

이 제목으로 본지 1821년 9월호와 10월호에 게재된 두 편의 에세이가 불러일으킨 관심은 제3부를 발표하겠다는 우리의 약속을 독자들의 기억에 새롭게 했을 것이다. 우리가 아직도 이 약속을 원래의 의미대로 지키지 못하고 있는 것은 우리 자신에게도 독자들에게도 참으로 유감스러운 일이다. 특히 독자들이 아래의 감동적인 서술을 읽은 뒤에는 더욱 그 점을 유감스럽게 여길 것이다. 아래의 글은 별개의 책으로 묶여서 이미 출판된 《고백》에 부록으로 덧붙일 목적으로 씌어진 것이고, 우리는 본지의 구독자들이 이 놀라운 이야기 전부를 소유할 수 있도록 그 전문을 여기에 전재하는 바이다.*

이 책의 발행처가 책을 재발행하기로 결정했기 때문에, 작년 12월에 《런던 매거진》에서 약속한 제3부가 발표되지 않은 사정을 설명하고 변명할 필요가 있을 것 같다. 그러지 않으면 그 약속을 보증한 발행처가 약속불이행의 책임—많든 적든—에 연루될 수 있기 때문에 더욱 그렇다. 약속을 지키지 않은 책임은 공정하게 말해서 전적으로 저자에게 있다. 저자가 자기 탓으로 인정하는 잘못의 양이 정확히 어느 정도인지는 그 자신도 판단하기가 무척 어려운 문제이고, 그가 이 일로 조언을 청

---

*이 글은 《런던 매거진》 1822년 12월호에 편집자가 쓴 것이다. 1년 전인 1821년 12월호에서 드 퀸시는 "더욱 충실한 비망록과 당시 내 유일한 벗[아내인 마거릿을 말한다—옮긴이]의 기억에 의지하여" 1822년 1월 말께에는 《고백》 제3부를 완성할 작정이라고 약속했다. 하지만 그 약속은 지켜지지 않았고, 1822년 8월에 제1부와 제2부가 한 권의 책으로 묶여 《런던 매거진》의 발행처인 '테일러 앤 헤시'에서 출판되었다. 이 '부록'은 약속한 제3부 대신 그 책에 덧붙여진 것이다.

한 궤변과 견강부회의 대가들도 이 문제에 별로 빛을 던져주지 않았다. 한편으로는 약속의 구속력과 약속을 받은 사람의 수는 반비례한다는 데 대체로 의견이 일치하는 듯하다. 자기보다 강한 자에게 한 약속을 어기면 위험을 각오해야 하기 때문에 개인적인 약속은 철저히 지키면서도 나라 전체에 한 약속은 거리낌 없이 어기는 사람이 많은 것은 그런 이유 때문이다. 다른 한편으로는 저자의 약속에 관여하고 있는 유일한 이해당사자는 그의 독자들이다. 그런데 자신의 독자는 별로 없다고—어쩌면 한 명밖에 없을지도 모른다고—믿는 것은 저자의 겸손 문제다. 그럴 경우, 저자의 약속은 거기에 대해 생각하는 것조차 꽤씸할 만큼 신성한 도덕적 의무를 저자에게 부과하게 된다.

하지만 저자는, 견강부회 대신, 약속을 한 작년 말부터 현재까지 자기가 어떤 처지에 있었는지를 설명하여 그의 약속 지연으로 고통을 받았다고 생각할지 모르는 이들의 너그러운 이해에 자신을 내맡기고 있다. 자기변명을 위해서라면, 견딜 수 없는 육체적 고통 때문에 머리를 쓰는 일이 거의 불가능했다고 말하면 충분할지도 모른다. 더구나 글을 쓰는 일은 유쾌하고 쾌적한 감정 상태를 요구할 뿐만 아니라, 그것이 필수적인 전제조건이기도 하다. 하지만 그는 전문가들이 종종 볼 수 있었던 것보다 아편의 작용이 더욱 진전된 단계에 있었기 때문에, 아편의 의학적 역사에 다소나마 이바지할 수 있는 사례로서 좀 더 자세히 그것을 설명하면 일부 독자들의 마음을 달랠 수 있을지도 모른다고 판단했다. '실험은 값싼 신체로 해야 한다(Fiat experimentum in corpore vili)'는, 대규모 이익이 생겨나리라는 것을 합리적으로 추정할 수 있는 경우에는 정당한 통칙이다. 그 이익이 무엇인지는 의문의 여지가 있겠지만, 신체의 가치에 대해서는 어떤 의문도 존재할 수 없다. 자기 몸보다 가치 없는 몸은 존재할 수 없다고 저자는 솔직히 고백하고 있기 때문이다. 저자는 일상생활의 폭풍우나 고난을 이틀도 견디지 못하는 자기 몸뚱이야말로 형편없고 무익하고 비천한 인체의 전형이라 믿고 있으며, 이런 믿음이야말로 그의 자랑이 아닐 수 없다. 그 비천한 몸뚱이를 존경할 만한 개에게 유증하는 것—인체를 처분하는 훌륭한 방법이지만—도 그는 부끄럽게 여기고 있다. 하지만 이제 요점으로 들어가자. 번거롭게 에둘러 말하는 표현법이 끊임없이 되풀이되는 것을 피하기 위해 저자는 일인칭으로 말하겠다.

《고백》을 읽은 사람들은 내가 아편을 완전히 끊었다는 인상을 품고 책을 덮었을 것이다. 사실 나도 그런 인상을 전할 작정이었다. 거기에는 두 가지 이유가 있었다. 첫째, 그런 고통스러운 상태를 일부러 기록하면, 독자들은 당연히 기록자가 냉정한 방관자로서 자신의 문제를 바라보는 능력을 가지고 있을 뿐만 아니라 그것을 충분히 서술할 만한 기력도 가지고 있다고 추정할 것이기 때문이다. 현재 고통을 겪고 있는 상태라면, 도저히

그런 말을 할 기력도 없으리라고 생각하는 것이 당연하다. 둘째, 아편팅크를 무려 8000방울씩 마시다가 300방울 내지 160방울이라는 소량(상대적으로 말해서)으로 줄인 나는 사실상 승리를 거두었다고 생각할 수 있기 때문이다. 따라서 독자들이 나를 개심한 아편쟁이로 생각하도록, 나도 나 자신을 그렇게 생각한다는 인상만 남겼다. 보다시피 그 인상조차 결말의 전체적인 어조로 짐작할 수 있도록 남겼을 뿐이고, 어떤 경우에도 거짓 없는 사실과 모순되지 않는 구체적인 말로 그런 인상을 준 것은 아니다.

    그 글을 쓴 직후, 나는 아편을 완전히 끊기 위한 마지막 노력이 내가 예상했던 것보다 훨씬 힘들다는 것과 달이 갈수록 그 노력을 기울일 필요성이 더욱 분명해진다는 것을 알게 되었다. 특히 위가 점점 단단하게 굳어가고 있거나 위의 감각에 결함이 생긴 것을 의식하게 되었다. 이것은 위에 딱딱한 암이 생겼거나 생기고 있음을 암시할지도 모른다고 나는 상상했다. 그 당시 내가 신세를 지고 있었던 저명한 의사는, 내 증세가 그런 결과로 끝날 수도 있지만 아편을 계속 복용하면 위암으로 죽기 전에 다른 원인으로 죽을 가능성이 높다고 알려주었다. 그래서 나는 아편을 완전히 끊는다는 목표에 내 모든 주의와 정력을 기울일 수 있게 되면 당장 아편을 끊기로 결심했다. 하지만 지난 6월 24일이 되어서야 겨우 그런 시도를 하기에 좋은 조건들이 웬만큼 갖추어졌다. 나는 어떤 '형벌'에도 물러서지 않고 "출발선에 서겠다"고 미리 마음속으로 결정해두었기 때문에,

그날 여건이 갖추어지자 당장 실험을 시작했다.

여기서 미리 말해두자면, 하루에 약 170방울 내지 180방울이 벌써 몇 달 동안 내가 자신에게 허락한 통상적인 복용량이었다. 때로는 500방울까지 늘어나기도 했고, 한번은 700방울 가까이 복용한 적도 있었다. 마지막 실험을 하기 전에 몇 번 되풀이한 준비 단계에서는 복용량을 100방울까지 줄이기도 했지만, 나흘째 이후로는 도저히 버틸 수 없다는 것을 알았다. 말이 났으니 말이지만, 나는 언제나 처음 사흘보다 나흘째 되는 날을 보내기가 가장 힘들었다.

출발은 순조로웠다. 사흘 동안은 하루에 130방울씩, 그리고 나흘째에는 단번에 80방울로 줄였다. 이제 내가 겪고 있는 고통은 당장 내게서 "자만심을 빼앗아갔다." 약 한 달 동안 나는 불규칙하게 이 한계점 언저리를 계속 맴돌았다. 그러다가 복용량을 60방울로 줄였고, 그 이튿날에는 한 방울도 마시지 않았다. 내가 아편 없이 하루를 지낸 것은 거의 10년 만에 처음이었다. 나는 90시간 동안, 즉 일주일의 절반이 넘는 시간 동안 아편을 끊고 버텼다. 그리고 그 후에 다시 아편을 마셨다. 얼마나 마셨느냐고는 묻지 말기 바란다. 말해보라. 당신이라면 어떻게 했겠는가? 그리고 나는 다시 아편을 끊었다가 25방울쯤 마시고 다시 끊었다. 실험은 그런 식으로 계속되었다.

실험을 시작한 뒤 처음 6주 동안 나에게 나타난 증세는 다음과 같았다. 온몸이 자극에 몹시 과민해지고 흥분했다. 특히 위는 활력과 감각을 완전히 회복했지만, 자주 격통을 일으켰다.

밤낮으로 끊임없이 안절부절못했다. 잠은 거의 자지 못했다. 잠이 뭔지도 모를 정도였다. 하루 24시간 가운데 기껏해야 세 시간 자는 것이 고작이었다. 그 짧은 잠조차도 너무 불안하고 얕아서, 가까이에서 나는 소리를 모두 들을 수 있었다. 아래턱은 계속 붓고, 입은 헐고, 그 밖에도 고통스러운 증세가 수없이 많아서 열거하기가 지루할 정도다. 하지만 그 가운데 한 가지 증세만은 반드시 언급해야 한다. 그것은 아편을 끊으려고 시도할 때마다 반드시 나타난 증세, 즉 재채기인데, 재채기는 이제 성가실 만큼 심해져서, 때로는 한 번에 두 시간씩 계속되기도 했고, 하루에 적어도 두세 번은 재발했다. 나는 여기에 별로 놀라지 않았다. 콧구멍 안쪽 점막이 위 점막의 연장이라는 말을 어디선가 듣거나 읽은 것을 기억해냈기 때문이다. 내 생각에 이것은 술을 마신 사람의 콧구멍 주위가 염증을 일으킨 것처럼 붉어지는 이유를 설명해준다. 위가 원래의 감각을 갑자기 되찾은 것이 이런 식으로 드러난 것 같다. 내가 아편을 복용한 그 오랜 세월 동안 (문자 그대로) 한 번도 감기에 걸리지 않았고 아주 가벼운 기침조차 한 적이 없는 것은 주목할 만하다. 하지만 이제는 지독한 감기가 나를 덮쳤고, 곧이어 기침이 시작되었다. 이때쯤 쓰기 시작했다가 마무리하지 않은 편지에 이런 구절이 있다.

"당신은 나한테 XXX를 써달라고 부탁하지만, 당신은 보몬트와 플레처*가 쓴 《티에리와 테오도레》라는 희곡을 아십니까? 거기에는 잠에 대한 내 증세가 그대로 나와 있습니다. 다른 특징들도 전혀 과장이 아닙니다. 아편의 지배 아래에서 꼬박 1년 동안 나에게 유입된 생각보다 지금 한 시간 동안 나에게 흘러들어오는 생각이 훨씬 많다고 나는 단언합니다. 아편 때문에 10년 동안 동결되었던 생각들이 옛날이야기**에도 나오듯 이제 단번에 녹아버린 것 같습니다. 그렇게 많은 생각들이 사방팔방에서 나에게 쏟아져 들어오고 있습니다. 하지만 나는 너무 성급하고 터무니없이 과민해서, 그렇게 밀려드는 생각들 가운데 하나를 붙잡아 기록하는 동안 쉰 가지 생각은 달아나버립니다. 나는 육체적 고통과 수면부족으로 지쳐 있지만, 2분도 가만히 서 있거나 앉아 있을 수 없습니다. '자, 이제 그만 가서 가락이 아름다운 시를 직접 지어보라.'***"

실험의 이 단계에서 나는 이웃에 사는 의사에게 사람을 보내 왕진을 부탁했다. 의사는 저녁때 나를 진찰하러 왔다. 나는 내 증세를 간단히 설명한 뒤, 이런 질문을 했다. 아편이 소화기관에 자극제로 작용할 수 있었다고는 생각지 않느냐? 현재 내 위가 겪고 있는 고통은 분명 내가 잠을 자지 못하는 원인이지

---

*프랜시스 보몬트(1584~1616), 존 플레처(1579~1625): 제임스 시대의 극작가로서 공동으로 작품을 썼으며, 만년의 셰익스피어의 강적이 되었다. 여기에 언급되어 있는 희곡(1621년 출판)은 프랑스 왕 테오도레와 그의 동생인 아우스트라시아 왕 티에리와 그들의 어머니인 브룬할트 사이에 벌어지는 음모와 암투를 그리고 있다. 5막 2장의 대단원에서 티에리는 "이 눈이 감겨 잠든다 해도, 그 잠이 확실하게 영혼을 안심시킬 수 있을까?"로 시작되는 독백에서 잠을 빼앗긴 자신의 불행을 탄식한다.
**〈잠자는 숲속의 공주〉를 말한다.
***I nunc, et versus tecum meditare canoros. 호라티우스(기원전 65~서기 68)의 《서간시》 제2권 2절 76행.

만, 위의 이런 상태가 소화불량 때문에 생길 수도 있다고는 생각지 않느냐? 의사의 대답은 이러했다. 아니, 그와는 반대로 위통의 원인은 소화기능 그 자체라고 생각한다. 소화는 당연히 거의 무의식적으로 이루어져야 하지만, 오랫동안 아편을 복용하여 망가진 위의 부자연스러운 상태 때문에 소화작용을 뚜렷이 감지할 수 있게 된 것 같다. 이 의견은 그럴듯했다. 끊임없이 계속되는 고통의 성격 때문에, 나도 그 의견이 옳았다고 생각한다. 단순히 '불규칙적인' 위장병이라면 때로는 통증이 가라앉는 것이 당연했을 테고, 통증의 강도도 끊임없이 변했을 것이다. 건강한 상태에서 분명히 나타나는 자연의 의도는 혈액 순환이나 폐의 팽창과 수축, 위의 연동운동처럼 생명 유지에 필요한 모든 움직임을 우리가 알아차리지 못하게 하는 것이다. 그런데 아편은 다른 경우와 마찬가지로 여기서도 자연의 의도를 방해할 수 있는 것 같다.

　의사의 조언에 따라 나는 '고미주'*를 먹어보았다. 그러자 잠깐이지만 나를 괴롭힌 감각이 많이 누그러졌다. 하지만 실험을 시작한 지 42일쯤 지났을 때, 내가 이미 기록한 증세들이 물러가고, 그것과는 종류가 다르지만 훨씬 고통스러운 새로운 증세들이 생겨나기 시작했다. 간헐적으로 증세가 누그러질 때도 있었지만, 그때부터 지금까지 나는 줄곧 이 증세에 시달려왔다. 하지만 이 증세를 설명하는 것은 그만두겠다. 그 이유는

---

*약초로 맛을 낸 쓴맛의 술. 건위제로 쓰인다.

두 가지다. 첫째, 겪은 지 얼마 안 되었거나 지금 겪고 있는 고통을 자세히 회상하는 데 혐오감을 느끼기 때문이다. 무언가에 도움이 될 만큼 자세히 그 고통을 설명하면 정말로 '이루 말할 수 없는 슬픔을 덧들이기(infandum renovare dolorem)'*가 되겠지만, 꼭 그래야 할 충분한 동기도 없다. 둘째, 이 말기 상태가—긍정적으로 생각하든 부정적으로 생각하든—어쨌든 아편 탓으로 돌릴 수 있는지 의심스럽기 때문이다. 그것을 아편의 직접적인 작용이 낳은 마지막 해악으로 꼽을 수 있을지, 아니면 아편 복용으로 오랫동안 혼란에 빠졌던 신체조직에 아편 '결핍'이 초래한 초기의 금단 증세로 간주할 수 있을지 의심스럽다. 확실히 증세의 일부는 계절(8월) 탓으로 설명할 수 있을지도 모른다. 여름 날씨는 별로 무덥지 않았지만, 어쨌든 그 전의 몇 달 동안 '축적된'(이렇게 말할 수 있다면) 열기를 모두 합한 것이 8월 현재 존재하는 열기에 추가되기 때문에, 자연히 8월의 태반은 연중 가장 무더운 시기가 된다. 크리스마스에도 아편의 복용량을 크게 줄이면 땀이 줄줄 흐르는데, 7월에는 땀이 너무 많이 나서 하루에도 대여섯 번씩 목욕을 할 수밖에 없었다. 그런데 가장 무더운 계절이 시작될 무렵, 이 증세가 완전히 사라져버렸다. 그 때문에 더위의 악영향이 더 누그러지지 않았을지도 모른다. 또 다른 증세—나는 무지해서 그것을 내장 류머티즘이라고 부른다(때로는 어깨 같은 곳이 아프기도 하지만, 위 속에 통증

---

*베르길리우스(기원전 70~19)의 《아이네이스》 제2권 3행에서.

이 자리잡고 있는 것처럼 보일 때가 더 많다)—도 아편 또는 아편의 결핍 탓으로 돌리기보다는 내가 살고 있는 집*의 습기 탓으로 돌릴 수 있을 것 같았다. 습기는 이때쯤 최대 한계에 이르렀는데, 영국에서도 가장 비가 많은 이곳에서는, 늘 그렇듯이, 7월에는 한 달 내내 끊임없이 비가 내렸기 때문이다.

이런 이유 때문에 아편이 과연 내 몸의 비참한 말기 단계와 정말로 관계가 있는지 어떤지 의심스러웠고—물론 아편이 내 몸을 더 약하고 이상하게 만들어 모든 악영향을 받기 쉽게 한 부차적인 원인인 것은 사실이지만—그래서 나는 내 몸의 말기 단계에 대해 독자들에게 설명하는 것을 생략하고 싶다. 독자들이 그것을 잊어버리게 하자. 내 기억에서도 사라지게 하자고 쉽게 말할 수 있다면 좋으련만. 인간이 얼마나 비참해질 수 있는지를 너무나 생생하게 보여주는 전형적인 모습이 떠올라 미래의 평온한 시간을 망치지 않으면 좋으련만!

내 실험 결과는 그런 정도다. 초기 단계에는 아마 내 실험과 그것을 다른 사례에 적용할 가능성이 포함되어 있을 것이므로, 독자들은 내가 그것을 기록한 이유를 잊지 말기 바란다. 그 이유는 두 가지였다. 첫째, 의약품으로서 아편의 역사에 내가 조금이라도 이바지할 수 있다는 믿음. 이 점에서 나는 정신의 무

---

*[원주] 이렇게 말했다고 해서 이 집을 경멸하려는 의도는 전혀 없다. 웅장한 대저택 한두 채, 그리고 그보다는 못하지만 천연시멘트를 바른 몇 집을 제외하면, 이 산간지방에서 완전하게 방수처리가 된 집은 내가 아는 한 한 채도 없다. 이 나라에서는 책의 건축은 올바른 원칙에 따라 이루어진다고 자부하지만, 다른 건축은 모두 미개한 상태에 있다. 그보다 더 곤란한 것은, 거꾸로 퇴보하는 상태에 있다는 것이다.

기력과 육체의 고통, 그리고 그 부분에 대해 쓰고 있는 동안 주제에 대한 극도의 혐오감에 시달린 나머지, 내 의도를 전혀 실행하지 못했다는 것을 알고 있다. 그 부분에 대한 원고는 당장 (위도상으로 5도쯤 떨어진 거리에 있는) 인쇄소로 보내졌기 때문에, 내가 수정하거나 더 좋게 고칠 수도 없다. 하지만 이야기가 두서없을지는 몰라도, 아편의 역사에 가장 관심이 많은 사람들, 즉 세간의 아편쟁이들은 이 보고서에서 많은 이익을 얻을 거라고 생각한다. 그들을 위로하고 격려하기 위해, 이 보고서는 보통의 결심으로는 도저히 버틸 수 없을 만큼 큰 고통도 겪지 않고 상당히 빠른 속도로* 아편 복용량을 줄여서 아편을 완전히 끊을 수 있다는 사실을 입증하고 있다.

이런 실험 결과를 전하는 것이 나의 첫 번째 목적이었다. 여기에 딸린 두 번째 목적은, 이번에 재발행되는 이 책에 덧붙일 수 있도록 제때에 제3부를 쓰지 못한 이유를 설명하고 싶었다. 이 실험이 계속되는 동안, 런던에서 이 책의 재판용 교정쇄를 보내왔다. 나는 책의 내용을 수정하거나 가필할 수 없었기 때문에, 오자를 지적하거나 부정확한 용어를 바로잡을 수 있을 만큼 주의 깊게 교정쇄를 읽는 것조차 참을 수 없었다. 내가 비천하기 짝이 없는 내 몸뚱이를 가지고 실험한 기록—그것이 길든 짧든—으로 독자들을 성가시게 한 이유는 그 두 가지였다. 나는 독자들이 그 이유를 잊지 않기를 진심으로 바란다.

그리고 또 하나, 내가 다른 사람들을 널리 이롭게 하기 위해서가 아니라 나 자신을 위해서, 또는 그보다 더 작은 목적을 위해서 그렇게 야비한 실험 대상으로 전락할 수 있을 거라고, 그렇게 믿을 만큼 나를 오해하지 않기를 바란다. 세상에는 제 한 몸을 끊임없이 관찰하며 지나치게 건강을 염려하는 야비한 사람도 있다는 것을 나는 알고 있다. 그런 사람을 이따금 만나기

*〔원주〕 내 경우에는 아편을 줄이는 속도가 '지나치게' 빨라서 고통이 불필요하게 가중되었다고 말하고 싶다. 아니, 그렇다기보다는, 아마 아편을 줄이는 방식이 충분히 지속적이지도 않았고 균등하게 점진적으로 진행되지도 않았을 것이다. 하지만 독자들이 스스로 판단할 수 있도록, 그리고 무엇보다도 아편과 관계를 끊을 준비를 하고 있는 아편쟁이가 모든 정보를 얻을 수 있도록, 내 일기를 여기에 덧붙인다.

첫째 주		둘째 주		셋째 주	
6월 24일(월)	130방울	7월 1일(월)	80방울	7월 8일(월)	300방울
25일	140	2일	80	9일	50
26일	130	3일	90	10일	미기재
27일	80	4일	100	11일	미기재
28일	80	5일	80	12일	미기재
29일	80	6일	80	13일	미기재
30일	80	7일	80	14일	76

넷째 주		다섯째 주	
7월 15일(월)	76방울	7월 22일(월)	60방울
16일	73.5	23일	0
17일	73.5	24일	0
18일	70	25일	0
19일	240	26일	200
20일	80	27일	0
21일	350		

300방울이나 350방울 같은 양으로 갑자기 되돌아간 것이 무엇을 의미하느냐고 독자들은 물을 것이다. 원래의 습관으로 되돌아가고 싶은 '충동'은 단순한 의지박약이었다. 이 충동에 어떤 동기가 섞여 있었다면, 그 '동기'는 '더 멀리 뛰기 위해 뒤로 물러서기(reculer pour mieux sauter)'의 원리이거나(많이 복용했을 때 생기는 무기력 상태는 하루나 이틀쯤 지속되었고, 그동안 더 적은 양으로도 만족한 위는 무기력 상태에서 깨어나도 이 새로운 복용량에 어느 정도 익숙해져 있었기 때문이다), 또는 이런 원리, 즉 다른 점에서는 모두 동등한 고통들 가운데 사람이 가장 잘 견딜 수 있는 고통은 분노에 사로잡혀 맞설 때의 고통이라는 원리였다. 실제로 나는 복용량을 늘릴 때마다 이튿날에는 몹시 화가 났고, 그러면 어떤 고통도 견뎌낼 수 있었다.

도 한다. 그런 사람이야말로 우리가 상상할 수 있는 최악의 '자기 파괴자(heautontimoroumenos)'라는 것을 나는 알고 있다. 생각을 다른 방향으로 돌리기만 하면 사라져버릴 증세를 너무나 뚜렷이 의식한 나머지, 증세를 더욱 악화시키고 오래 지속시키는 사람이다. 하지만 나는 이런 비열하고 이기적인 습관을 너무나 경멸하기 때문에 도저히 그런 사람으로 전락할 수는 없다. 그것은 가엾은 하녀를 관찰하는 데 시간을 낭비하는 사람으로 전락할 수 없는 것과 마찬가지다. 지금 이 순간 내 집 뒤쪽에서 어떤 젊은 녀석이 그 하녀를 꾀려고 따리를 붙이고 있는 소리가 들린다. 초월적인 철학자가 그런 시시한 일에 호기심을 느낄 수 있을까? 수명이 8년 반밖에 남지 않은* 내가 그런 하찮은 일에 시간을 쓸 만큼 한가할 수 있을까?

하지만 이것을 의심할 여지가 없을 만큼 확실히 하기 위해 한 가지만 말해두겠다. 어떤 독자들은 내 말에 충격을 받겠지만, 내가 그 말을 하는 동기를 생각하면 그렇게 놀라지는 않을 것이다. 자기 몸에 다소라도 호감을 갖지 않으면 아무도 자기 몸에 나타나는 현상에 그렇게 많은 시간을 소비하지는 않을 것이다. 독자들도 그것은 알고 있겠지만, 나는 내 몸을 보면서 만족감이나 호감을 느끼기는커녕, 내 몸을 미워하고 신랄한 조롱과 경멸의 대상으로 삼는다. 법률이 가장 극악무도한 범죄자의 몸에 가하는 마지막 모욕**을 장차 내 몸이 받을지 모른다는

---

*드 퀸시는 이 글을 쓴 뒤에도 37년이나 살았다.
**옛날부터 극악무도한 범죄자는 사형에 처한 뒤 그 시체를 토막내는 것이 관례였다.

것을 알아도 나는 불쾌하지 않을 것이다. 내가 진지하게 말하고 있다는 것을 입증하기 위해 다음과 같은 제안을 하겠다.

다른 사람들과 마찬가지로 나도 내가 묻힐 장소에 대해 특별한 취향을 가지고 있다. 나는 주로 산악지방에서 살았기 때문에, 오래되고 쓸쓸한 언덕들 사이에 푸른 초목으로 뒤덮여 있는 교회 묘지가 런던의 으스스한 골고다*보다 철학자에게 어울리는 더 숭고하고 평온한 안식처가 될 거라는 생각을 고수하고 있다. 하지만 의사협회 신사들이 아편쟁이의 몸속 상황을 조사하면 그들의 학문에 도움이 될 수 있다고 생각한다면, 그렇다고 한마디만 해달라. 그러면 그들이 내 송장을 합법적으로 확보할 수 있도록—내가 이 몸뚱이와 관계를 끊자마자 그들의 손에 넘어가도록 배려하겠다. 의사들은 내 감정에 대한 공연한 배려나 고려 때문에 내 송장을 확보하고 싶다는 뜻을 표명하기를 주저하지 말기 바란다. 장담하거니와, 내 몸뚱이처럼 비정상적인 육체를 '실물 실험'의 수단으로 이용하는 것은 나에게 큰 명예가 될 것이다. 이 생에서 그렇게 많은 고통을 나에게 안겨준 내 몸뚱이가 죽은 뒤에 그런 앙갚음과 모욕을 당할 거라고 기대하는 것은 나에게 큰 기쁨을 줄 것이다.

시신 기증은 흔한 일이 아니다. 유언자의 죽음을 조건으로 하는 사후 이익을 미리 알리는 것은 사실 위험한 경우가 많다.

---

*그리스도가 수난을 당한 곳. 헤브라이어로 '해골의 땅'을 의미한다. 일반적으로 묘지를 가리킨다.

어느 로마 황제*의 습관에 그 두드러진 예가 있다. 그 황제는 부자가 유언장에서 그에게 꽤 많은 유산을 남겼다는 통보를 받으면 그런 결정에 만족감을 표하고, 그런 충성스러운 유산은 기꺼이 받겠다고 말하곤 했다. 하지만 유언자가 그 재산의 소유권을 당장 황제에게 넘겨주지 않으면, 다시 말해서 그들이 불충하게도 "살기를 고집하면"(수에토니우스**의 표현에 따르면 'si vivere perseverarent') 황제는 몹시 화를 내며 그에 상응하는 조치를 취했다. 그 시대에는, 게다가 로마 황제 중에서도 최악의 황제가 다스린 시대라면, 그런 행동도 당연히 예상할 수 있을 것이다. 하지만 오늘날의 영국 의사들에게서는 과학과 그 관심사에 대한 순수한 사랑에 어울리는 감정을 제외하고는 초조감이나 그 밖의 어떤 감정도 찾아볼 필요가 없다. 내가 그런 제의를 할 마음이 내킨 것도 바로 과학과 그 관심사에 대한 순수한 사랑 때문이다.

---

*칼리굴라(12~41)를 말한다.
**가이우스 수에토니우스(69?~140?): 로마의 역사가. 인용한 구절은 《로마 황제 열전》의 '칼리굴라' 편에 나온다.

해설

어느 영국인 낭만주의자의 일탈

김석희(번역가)

이 책은 영국의 작가인 토머스 드 퀸시의 《어느 영국인 아편쟁이의 고백》을 우리말로 옮긴 것이다. 이 작품은 드 퀸시가 자신의 아편 중독과 그것이 자신의 삶에 미친 영향에 대해 쓴 자전적 에세이로, 1821년에 잡지에 익명으로 발표된 뒤 이듬해에 단행본으로 출간되었고, 1856년에는 개정증보판이 다시 출간되었다.

토머스 드 퀸시는 1785년 8월 15일에 영국 맨체스터에서 8남매 중 넷째로 태어났다. 그의 집안은 상류층을 지향하는 중류층 가정이었다. 아버지 토머스 퀸시는 성공한 직물상이었고, 어머니 엘리자베스 펜슨은 남편보다 사회적 지위가 높았다. 맨체스터는 면직물 제조와 유통의 중심지였다. 산업혁명을 추진한 엔진의 하나인 면직물 산업은 당시 절정에 이르러 있었다.

1791년에 가족은 '그린헤이'라는 이름의 새 집으로 이사했는데, 이곳 생활은 무척 안락했다. 하지만 1790년에 드 퀸시의 누이동생 제인이 죽었고, 뒤이어 1792년에는 누나인 엘리자베스가 죽었다. 두 누이의 죽음은 잘못을 고백하고 참회하는 드 퀸시의 글에 깊은 영향을 미치게 된다. 이듬해 아버지가 세상을 떠났고, 아이들은 어머니와 네 명의 후견인에게 맡겨졌다. 이 후견인들은 아버지의 사업을 경영하도록 지명된 가까운 친구들이었다. 하지만 그들은 사업 경영에 서툴렀고, 1796년에 결국 '그린헤이'는 원래 가격의 절반도 안 되는 헐값으로 팔렸다. 그 후 엘리자베스는 가족과 함께 온천 휴양지로 이름난 바스로 이사했다. 바스로 이사한 지 얼마 후, 가족의 성에 귀족을 의미하는 '드'가 추가되었다. 그것은 가족의 혈통을 12세기에 정복왕 윌리엄을 따라 해협을 건넌 드 퀸시 집안까지 거슬러 올라갈 수 있다는 전설에 편승한 것이었다.

드 퀸시는 이상할 만큼 재능있는 소년이었다. 특히 그리스어와 라틴어에 뛰어났고 비상한 기억력을 가지고 있었다. 하지만 좋은 성적을 쉽게 얻는 것은 그를 불안하게 만들기도 했다. 그의 몸은 별로 튼튼하지 않았고, 일찍부터 건강을 지나치게 염려하는 경향이 있었다. 따라서 그의 학교생활은 단속적이고 간헐적이었다. 16세 때인 1802년에 그는 어머니와 후견인들과 제도권 교육으로부터의 자주성을 주장하기 위해 맨체스터 그래머스쿨을 탈출하여 웨일스와 런던을 방랑했다. 이듬해에 어머니와 후견인들과 화해한 그는 옥스퍼드 대학의 우스터 칼리지에 입학했다. 우스터는 옥스퍼드에서 덜 유명한 칼리지지만, 옥스퍼드는 학문적 야심을 가진 중산층 자제에게는 안성맞춤인 곳이었다. 그곳은 또한 드 퀸시가 아편을 복용하기 시작한 곳이기도 했다. 처음에는 치통을 달래기 위해서였지만, 대개는 기분 전환을 위해서, 즉 "쾌락의 흥분 상태를 인위적으로 만들어내기 위해서"였다. 아편 중독은 1813년경에 시작되었는데, 웨일스와 런던을 방랑하는 동안 겪은 "극단적인 굶주림"으로 인한 만성적인 위장병이 의기소침과 겹치면서 "아편 말고는 어떤 약도 듣지 않게" 되었기 때문이다. 이 단계를 지나자 아편의 "쾌락"과 "고통"이 뒤섞여 몸과 마음에 가학적-피학적인 영향력을 행사했다.

하지만 아편은 처음에는 "당당한 지성의 밝은 빛"을 강화해주었을 뿐이고, 그래서 "철학자의 삶"을 살고 싶은 드 퀸시의 열정을 더욱 왕성하게 해주었다. 그의 지적 영웅은 시인이자 철학자인 새뮤얼 테일러 콜리지, 철학자인 임마누엘 칸트, 경제학자인 데이비드 리카도 등이었다. 하지만 위대함에 대한 그의 욕망을 가장 강력하게 자극한 것은 시인 윌리엄 워즈워스에 대한 숭배였다. 1803년에 이미 워즈워스와 콜리지는 상당한 숭배의 대상이 되어 있었고, 그들의 공동 시집인《서정 가요집》(1798)은 낭만주의 문학의 선언으로 인정받고 있었다. 드 퀸시는 워즈워스와 콜리지와 로버트 사우디를 비롯한 호반 시인들과 어떤 형태로든 교제하고 싶어 했다. 마침내 기회가 왔다. 1803년 5월에 드 퀸시는 워즈워스에게 자기를 소개하는 편지를 보냈고, 여기에 대해 워즈워스도 정중하고 유쾌한 답장을 보내온 것이다(이렇게 시작된 서신 왕래는 그 후 4년 동안 지속되었다). 1807년 8월에 드 퀸시는 콜리지를 만났고, 11월에는 마침내 위대한 워즈워스를 만났다. 1808년 5월에는 졸업 시험을 보다가 갑자기 옥스퍼드를 떠났고, 11월에 그래스미어로 이사하여 처음에는 워즈워스 가족과 함께 지내다가, 1809년에 워즈워스가 리달마운트의 더 넓은 집으로 이사하자 '도브 코티지'를 임대해 살았다.

한동안 드 퀸시는 워즈워스 가족과 아주 가깝게 지냈지만, 워즈워스는 자신의 '에고'에 사로잡혀 드 퀸시를 매우 조심스럽게 대했다. 1816년에 드 퀸시가 그보다 사회적 지위가 낮은 마거릿 심프슨과의 사이에 사생아를 낳아 워즈워스 가족 바로 옆에서 추문을 일으킨 것도 도움이 되지 않았다(드 퀸시와 마거릿은 이듬해 결혼했다). 그 후 드 퀸시는 질병과 아편 중독에 시달렸고, 이것은 콜리지의 마약 문제를 너무나 잘 알고 있었던 워즈워스와 드 퀸시의 우정에 부담을 주었다. 하지만 1810년대에 드 퀸시는 옥스퍼드 시절의 친구이자 나중에 《블랙우즈 에든버러 매거진》의 편집자가 된 존 윌슨의 소개로 에든버러의 지식인들 사이에서 자신의 독자적인 정체성을 발견했다. 이들 중에는 제임스 호그(시인·작가), 존 기브슨 로카트(작가·편집자), 윌리엄 해밀턴(철학자), 토머스 칼라일(평론가·역사가) 등이 포함되어 있었다. 특히 칼라일은 아내인 제인과 함께 평생 동안 드 퀸시의 든든한 후원자가 되었다.

1818년, 워즈워스와 드 퀸시의 우정이 결정적으로 끝나기 직전에 시인은 드 퀸시의 첫 팸플릿인 〈멋대로 날뛰는 말에 대한 엄격한 논평〉을 근거로 그를 《웨스트몰랜드 가제트》의 편집자로 추천했다. 〈논평〉은 스코틀랜드의 개혁가인 헨리 브로엄(미래의 대법관)이 론스데일을 수장으로 하는 토리당(보수파)의 지배를 무너뜨리려 한 웨스트몰랜드 지방선거에 대한 반응이었다. 이 〈논평〉으로 드 퀸시는 선거 토론의 중심이 되었고, 《가제트》의 편집자로서 휘그당(자유파)의 《켄달 크로니클》과의 신랄한 논전에 휘말리게 되었다. 드 퀸시의 초기 저널리즘은 "방어적이고 약간 신경질적이었다"고 그의 동시대 편집자들은 평가했다. 그것은 드 퀸시의 극단적인 보수주의 때문이기도 하고, "웨스트몰랜드의 동료들한테 깊은 인상을 주고" 싶은 욕망 때문이기도 했다. 원칙과 편의 사이의 이 긴장은 그 후 정치와 문학, 경제학, 수사학, 역사를 비롯하여 수많은 주제를 다룬 드 퀸시의 글의 대부분을 규정한다. 그 결과 그를 어느 부류에 넣어야 할지 알 수 없게 되었는데, 그의 글이 대부분 객관적 사실과 저자의 주체성 사이의 경계를 희미하게 만들고 있다는 사실이 문제를 더욱 복잡하게 만든다. 《고백》은 물론 이런 접근방식에 대한 청사진이다. 드 퀸시는 1819년에 《가제트》에서 해고를 당했거나 사직했다. 하지만 《런던 매거진》에 기고하기 시작했고, 이 잡지는 1821년 9월호와 10월호에 그의 《고백》을 게재했다. 《고백》이 당장 성공을 거두자 '테일러 앤 헤시' 출판사가 1822년에 단행본으로 출간했다. 이 작품은 "자신의 도덕적 타락이나 상처를 거리낌 없이 남들 눈앞에 드러내어, 시간의 흐름이나 인간의 나약함에 대한 너그러움이 그 보기 흉한 상처 위에 씌워주었을지도 모르는 '고상한 휘장'을 벗겨버리는" 인간을 적나라하게 무대에 올린다. 드 퀸시의 고백적 글쓰기 방식은 서양 최초의 자서전으로 간주되는 아우구스티누스의 《고백록》(397~398)을, 좀 더 직접적으로는 장-자크 루소의 《고백록》(1782)을 잇고 있다. 루소는 독자들에게 이렇게 말하는 것으로 《고백록》을 시작했다. "나는 지금까지 예가 없었고 앞으로도 아무도 흉내낼 수 없는 일을 하기로 결심했다. 나와 같은 인간들 앞에 한 사람의 인간을 완전히 그리고 자연 그대로 보여주고 싶다. 그 인간은 바로 나다."

　《고백》은 드 퀸시를 "아편쟁이"로 낙인찍었고, 그 후 평생 동안 그는 아편쟁이라는 악명을 이용하기도 하고 기가 죽어 움츠러들기도 했다. 1830년대에 드 퀸시는 《테이트 에든버러 매거진》에 회고록을 연재하기 시작했는데, 고백적 글쓰기로 돌아간 것은 심리적으로 불가피한 일이었는지도 모른다. 1834년에 이미 드 퀸시의 건강은 망가져 있었기 때문이다. 게다가 그에게는 아내와 일곱 명의 자식이 있었지만, 가족을 거의 부양하지 못했다. 그는 학문을 연구할 겨를이 전혀 없었고, 돈을 벌기 위해 글을 쓰는 것 말고는 아무 전망도 없었다. 게다가 1832년부터 1840년까지 드 퀸시는 부채 때문에 수없이 고소당했고, 한 번은 빚쟁이들한테 감금된 적도 있었다. 아내 마거릿이 만성적인 고질병과 우울증에 시달리다 1837년에 죽은 뒤에는 드 퀸시에게 가해지는 압력이 더욱 심해졌다.

《테이트》에 연재한 회고록은 경력의 두 번째 단계의 시작이다. 이 두 번째 단계에서는 나이가 들어가고 건강은 망가졌고 불운까지 겹쳤지만, 드 퀸시는 놀랄 만큼 생산적이었다. 이 스케치들은 1845년에 《블랙우즈》에 4부로 발표된 《심연으로부터의 탄식》에 영감을 주었다. 《고백》의 속편인 《탄식》은 사실 그보다 더 큰 규모의 걸작으로 기획되었지만, 이 걸작은 1849년에 《블랙우즈》에 발표된 《영국의 우편마차》를 통해 부분적으로만 실현되었을 뿐이다. 드 퀸시가 이처럼 놀라운 생산성을 보인 것은 1843년에 에든버러에서 10킬로미터쯤 떨어진 래스웨이드의 메이비스부시 코티지로 이사한 것과 시기가 일치한다. 그 후 드 퀸시의 가정생활은 비교적 평온하고 행복했다.

1840년대 말에 그의 경력은 마지막 단계에 접어들었다. 이 단계에서 그는 빅토리아 시대의 독자들을 위해 자신의 작품들을 재출간했다. 1851년에 보스턴의 출판사인 '티크노어 앤 필즈'가 《드 퀸시 저작집》을 출판하기 시작했는데(1856년에 20권으로 완결), 《고백》과 《탄식》은 드 퀸시의 대표작으로 다시 출판되었다. 미국에서 인정해준 데 영감을 얻은 드 퀸시는 영국에서도 작품선집을 출판하기로 하고, 《발표된 저술과 미발표된 저술에서 고른 진지하고 쾌활한 선집》 출간을 감독하기 위해 에든버러로 돌아갔다. 《선집》의 처음 두 권은 자전적 스케치를 다시 모은 것이었다. 그 후 그는 원래의 《고백》에 대폭 개정을 가하여 《선집》의 제5권으로 1856년에 출간했다. 드 퀸시는 《탄식》

도 《선집》의 일부로 편집하여, 그의 직업적·개인적 생활을 압도한 고백적 프로젝트에 최종적인 형태를 부여할 작정이었다. 하지만 《선집》의 제1권과 제2권을 쓰면서 《탄식》의 대부분을 이미 사용했고, 손으로 써놓은 채 아직 발표하지 않은 자료는 대부분 잃어버렸고, 《고백》을 개정하느라 기진맥진한데다 전반적으로 기력이 감퇴하고 있었기 때문에, 이 기획은 결국 실현되지 못했다. 드 퀸시는 《선집》이 완성되기 1년 전인 1859년에 에든버러에서 타계했다. 워즈워스는 그보다 10년 전에 죽었다. 다른 낭만주의 작가들—콜리지, 조지 고든 바이런, 퍼시 셸리, 존 키츠, 윌리엄 해즐릿, 찰스 램—도 대부분 오래전에 죽었다. 드 퀸시—아편쟁이에다 개인적·직업적 고난과 상황 때문에 건강과 정신이 "무너진" 매문가, 많은 점에서 그 시대의 문학적 흐름을 거스른 작가—가 그들보다 오래 살아남은 것은 참으로 아이러니한 일이다.

《어느 영국인 아편쟁이의 고백》을 읽는 데에는 선택이 필요하다. 앞에서도 말했듯이, 텍스트가 두 종이기 때문이다—잡지에 발표된 초판과 45년 뒤에 다시 출간된 개정판.

나는 이 번역의 텍스트로 초판을 택했다. 그렇게 한 이유는 단순하다. 초판이 개정판보다 문학적으로 뛰어나다—고, 대부분의 비평가들이 평가하고 있기 때문이다. 한 예로, '위키백과'에 인용된 서평은 "개정판은 주제에서 벗어나는 탈선과 일관성 없는 태도로 원작의 효과를 손상시켰다"면서, 이렇게 평결을 내리고 있다. "드 퀸시는 걸작을 개정하여 망쳐버린 게 분명하다. 두 작품을 비교해보면 누구나 개정판의 지루한 단조로움보다 초판의 지칠 줄 모르는 활력과 긴장감을 좋아할 것이다."(앨러시어 헤이터, '펭귄판' 머리말에서)

드 퀸시 자신도 이 점을 염려했던 모양이다. 개정판을 낼 때가 다가왔을 때 이런 걱정을 털어놓고 있기 때문이다.

"거의 다시 썼다. 여기저기가 생생해졌고 어느 정도는 개선되었다. 거기에는 의문의 여지가 있을 리 없다. 여기에 쏟은 막대한 노고를 정당화하기 위해서라도 마땅히 '개선되어 있지 않으면 안 될 것'이다. 그것은 지극히 당연한 일이 아니냐. 하지만 이 책을 하나의 '전체'로 다시 읽어보고, 많은 독자들이 이 성숙한 판보다 단편적 상태였던 원래의 판을 더 좋아하지 않을까 하고 나는 크게 걱정하고 있다. ……사람을 즐겁게 하는 글로는 확실히 개선되어 있다. 하지만 내가 의심하는 것은, 사람을 감동시키는 책으로도 개선되어 있는가 하는 점이다. 여기에도 이와 비슷한 수많은 경우와 마찬가지로 덧없이 사라지는 그때그때의 영감에 수반되는 다양한 결점, 잘못, 경우에 따라서는 장점을 내포하는 거의 '즉흥적'이라 해도 좋은 행위를 좋다고 할 것이냐, 아니면 같은 사상·사실·감정을 면밀히 심사숙고한 형태로 제시하면서 즉흥적인 흥분에서 생겨나는 같은 이점은 잃어버린 그런 노력을 좋다고 할 것이냐. 이런 선택의 문제가 있다."(1855년 9월 30일 딸 에밀리에게 보낸 편지)

개정 증보라는 자신의 의도와 행위에도 불구하고 드 퀸시의 심미적 오성에는 아무 이상도 없었던 모양이다. 여기에 표백되어 있는 '자기회의'는 그가 마지막까지 보기 드문 산문의 달인일 수 있었던 이유를 웅변으로 말해주고 있다. 그러고 보면 《고백》 초판을 마무리할 때가 가까워졌을 때, 드 퀸시는 벌써부터 이런 말을 하고 있다.

"지면에 좀 더 여유가 있었다면 내가 사용한 재료를 좀 더 잘 전개할 수 있었을지도 모르고, 내가 사용하지 않은 많은 재료들도 효과적으로 추가할 수 있었을 것이다. 하지만 이 정도만 이야기해도 충분할 것이다. ……사람들의 감동을 불러일으키지 않는 사소한 사실을 늘어놓아, 아직 상습자가 되지 않은 아편쟁이들의 분별과 양심에 호소하기 위해 모처럼 쓴 이 이야기 자체의 인상을 망치는 것—또는 (이것은 훨씬 저열한 생각이지만) 이야기의 문장 효과까지도 망쳐버리는 것은 다행히 내키지 않는 일이었다. 현명한 독자들은 마법에 걸려 꼼짝 못하는 사람이 아니라 상대를 꼼짝 못하게 하는 마력에 주로 흥미를 가질 것이다. 이 이야기의 진정한 주인공, 독자들의 관심이 맴도는 진짜 중심은 아편쟁이가 아니라 아편이다."(본문 163~164쪽)

개정판은 초판의 세 배 가까운 분량으로 늘어났다 해도 덧붙여진 것은 전반부, 즉 아편을 복용하게 되기까지의 경위, 소년시절의 추억담이고, 중요한 '주인공'인 아편의 쾌락과 고통을 다룬 후반부에는 거의 개정이나 증보가 이루어지지 않았다. 초판에서 이야기의 전반과 후반은 거의 같은 분량으로 균형을 이루고 있는 반면, 개정판에서는 이야기 전체의 균형이 완전히 무너져버렸다는 것이다. 게다가 덧붙여진 부분은 그야말로 "사람들의 감동을 불러일으키지 않는 사소한 사실들"의 나열이고, 그 때문에 "이야기의 문장 효과까지도 망쳐버리는" 짓이라고 말할 수밖에 없다. 드 퀸시의 기질에 대해 "간절하면서도 지지부진하고, 너무나 정확성을 기한 나머지 혼란에 빠지고, 합리적인 동시에 미궁적"이라고 평한 것은 콜리지의 형안이지만 (1809년 5월 2일 D. 스튜어트에게 쓴 편지), 이것은 드 퀸시의 문체가 지닌 특질이기도 하다. '간절함'과 '지지부진', '정확'과 '혼란', '합리'와 '미궁'—서로 모순되는 이런 특징들이 이루고 있는 미묘한 균형, 바로 여기에 드 퀸시의 산문이 지니고 있는 유례없이 매력적인 생명이 있다. 이 생명은 딸 에밀리에게 보낸 편지에서 "덧없이 사라지는 그때그때의 영감에 수반되는 다양한 결점, 잘못, 경우에 따라서는 장점을 내포하는 거의 '즉흥적'이라 해도 좋은 행위"라고 그가 부른 것이다.

아편을 복용하기에 이른 인생의 숙명적인 과정을 '간절'하고 '정확'하게 다시 더듬어본다는 것은 개정판에서 "이야기의 진정한 주인공"이 '아편'이 아니라 '아편쟁이'로 바뀌었다는 것이다. 즉 '아편쟁이'인 드 퀸시의 자기변명이 그만큼 증폭되어 있다는 뜻이기도 하다. 그러면 왜 그는 "이야기의 문장 효과까지 망쳐버릴" 것을 알면서 그렇게 자기변명에 집착해야 했을까. "아직 상습자가 되지 않은 아편쟁이들의 분별과 양심에 호소하기 위해" 썼다는 집필 동기에 비해 "이야기의 문장 효과"는 "훨씬 저열한 생각"이라고 스스로 말했다 해도 그것은 어디까지나

표면상의 방침에 불과하다. 이 손꼽히는 낭만파 산문가만큼 상냥한 사람은 없었지만, 그만큼 세상과 타인을 위하는 상식적 도덕과 무관한 사람도 없었고, 그가 집필할 때 유일한 절대적 '생각'이 있었다면 그것은 바로 "이야기의 문장 효과"였을 것이다. 드 퀸시가 초판의 〈예비 고백〉을 1856년의 개정판에서 대폭 수정 보완할 수밖에 없었던 단서를 찾는다면, 그것은 1838년에 출간된 제임스 길먼의 콜리지 전기에 인용된 콜리지의 편지 한 통에 있었다. 사실 개정판은 이 편지를 반박하는 것으로 시작하고 있는데, 편지에서 콜리지는 이렇게 말하고 있다.

"언제 어느 때라도 나는 사람에게 알랑거리는 이 독물을 자극제로서, 바꿔 말하면 쾌락의 감각을 얻기 위해 사용한 적이 없었다. 그런 것은 나한테는 필요없었다. 아아, 《어느 영국인 아편쟁이의 고백》을 읽고 얼마나 형언하기 어려운 슬픔을 느꼈던가! 이 책의 저자는 병적으로 자부심이 강하고, 나에게는 불행에 불과했던 것을 자랑스럽게 쓰고 있다. 그를 위해 심연의 위험을 그토록 경고했는데도 그는 자진해서 심연의 흐름에 빠져 들어갔다. ……아아, 그리스도를 통해 내가 자비를 청하는 신이여, 《어느 영국인 아편쟁이의 고백》을 쓴 저자를 가엾게 여기소서! 만약 그의 책이 사람들을 유혹하여 생기를 잃게 하는 이 악습에 빠지게 하는 일이 있었다면. 아니, 그런 일이 있었다고 믿을 만한 강력한 이유가 나에게는 있다. 그처럼 사람을 악으로 유혹하는 일은 나와는 무관한 일이었다고 나는 겸허하게 믿고 있다. ……그 책의 저자에게 나는 눈물을 흘리며 고통스럽게 호소하고 경고하기도 했다. 하지만 그는 내 경고를 완전히 무시했다."

단적으로 말해서 콜리지는 거짓말을 하고 있다. 아편을 "자극제"로 사용하지 않았다면 걸작 《쿠블라 칸》이나 《늙은 어부의 노래》도 그런 형태로 씌어지지는 않았을 것이다. 물론 그가 아편에 손을 댄 것은 지병인 류머티즘의 통증을 달래기 위해서였다. 하지만 그것이 나중에 "쾌락의 감각"을 추구하는 "자극제"로 변하는 것은 조금도 이상하지 않았다. 치통을 가라앉히기 위해서라는, 정말 멋없는 계기로 아편을 복용하기 시작한 드 퀸시도 말하고 있다. "콜리지는 류머티즘의 통증 때문에 아편을 복용하기 시작했다. 그 후 어떻게 되었을까? 그가 결국에는 관능에 빠지지 않았다는 증거는 어디에도 없다." 이것은 위에서 말한 길먼의 콜리지 전기를 다룬 서평 〈콜리지와 아편 복용〉(1845)에 나오는 구절이다. 그 직전에 드 퀸시는 자신을 돌아보고 이런 글을 썼다. "고통의 악마에 시달려 알게 된 아편의 힘을 나중에는 오로지 쾌락을 위해 적용하지 않았는지, 그것은 나 개인의 문제였고 타인이 이러쿵저러쿵 말할 수 있는 문제는 아니다. 콜리지에게도 똑같은 말이 똑같이 타당하게 적용된다." 드 퀸시는 아무리 그 미궁적 문체 속에 미노타우로스처럼 몸을 감추고 있다 해도, 언제나 정직하고 솔직하다. 콜리지가 편지 후반에서 《어느 영국인 아편쟁이의 고백》이 세상 사람들을 악습으로 유도했다고 비난한 데 대해서도 드 퀸시는 다른 글에서 간명하고 솔직하게 대답했다.

"1822년, 많은 사람들이 《고백》을 사준 덕분에 발행부수가 늘어난 것은 부정할 수 없는 사실이다. 하지만 이 책을 산 사람들 중에 아편 같은 마약에 대한 첫사랑을 내가 심어주었다거나 심어주었을지 모르는 사람이 있다는 이야기는 아직 듣지 못했다. 아편 복용을 내가 가르쳤다니! 그렇다면 음주를 가르친 게 나였단 말인가? 잠의 신비를 계시한 게 나였단 말인가? 사람은 책을 읽고, 그 결과로 아편을 복용하거나 끊거나 하지는 않는다. 그런 것은 생각할 수 없다는 것이 내 신념이다. 물론 책은 암시를 줄지 모른다. 하지만 책이 없어도 날마다 어울리는 사람이나 일상의 괴로운 경험이 그런 암시를 줄 것이다."

사실, 드 퀸시의 동시대 낭만파는 워즈워스를 빼고는 모두 아편을 복용하고 있었다. 키츠는 크리켓 공을 눈에 맞고, 그 통증을 달래기 위해 아편팅크를 복용했다. 셸리는 나중에 《프랑켄슈타인》(1818)을 쓴 메리 울스턴크래프트 고드윈과 사랑에 빠져 아내 해리엇과 헤어지는 고통 속에서 항상 아편팅크 병을 가지고 다녔다. 이복누이와의 근친상간을 의심하여 바이런의 소지품을 몰래 뒤진 아내 애너벨러가 발견한 것은 사드 후작의 《쥐스틴》과 "검은색 액체"를 담은 약병이었다. 하지만 모두 《고백》이 나오기 전의 일이다.

애당초 《고백》을 발표하기 전은 물론이고 발표할 당시에도 아편은 금지된 약물이 아니었다. 드 퀸시도 쓰고 있듯이 어느 약방에서나 팔고 있었다. 그리고 술보다 값이 쌌다. 요즘 사람들이 아스피린을 복용하는 것과 마찬가지로 19세기 사람들은 아편을 복용했다. 어른만이 아니라 아이들도 밤중에 울거나 경기를 일으키면 재빨리 아편팅크를 먹였다. 낭만파와 동시대인이면서 낭만주의적 몽상과 환상을 거부한 여류작가 제인 오스틴도 어릴 적에 아편을 수면제 대신 복용했다고 한다. 이처럼 대다수 사람들이 아편을 가정상비약처럼 여겨, 그 신세를 지면서 자랐다. 하물며 드 퀸시에게는 치통이나 안면신경통을 가라앉힌다는 "정상을 참작할 만한 사유"가 있었고, 진통제가 "쾌락의 감각"이나 "관능"을 유도하는 "자극제"로 변했다 해도 그것은 드 퀸시 개인의 문제였고, 남이 나서서 용서하고 말고 할 일은 아니었을 것이다. 이런 양해가 암암리에 세간에 존재하지 않았다면 그가 감히 아편 복용을 고백하지도 않았을 것이다. 사실 일부 의사를 제외하면 세간은 일반적으로 아편에 대해 너그러웠다. 적어도 신경질적으로 아편을 죄악시하지는 않았다.

하지만 1830년 후반에 상황이 완전히 달라진다. 세간은 아편을 죄악으로 간주하게 되었다. 이런 시대 풍조를 재빨리 감지하지 않았다면, 콜리지는 앞에서 인용한 편지—《어느 영국인 아편쟁이의 고백》을 방편으로 삼아 자신을 정당화하려는 비겁하기 짝이 없는 편지—를 쓰지도 않았을 것이다. 아편 복용을 죄악시하는 풍조가 결국 1868년의 약물법 제정으로 이어진 것은 필연이었다. 콜리지의 편지에 대한 반박을 쓴 지 11년 뒤, 약물법이 발효되기 12년 전에 드 퀸시가 〈예비 고백〉을 세 배로 증보하여, 아편을 복용하기에 이른 경위와 "정상을 참작할 만한 사유"를 누누이 토로하여 자기변명을 하느라 기를 쓴 이

유도 이런 시대의 암묵적 강제 때문이 아니었을까.

드 퀸시의 《고백》이 그의 저술 가운데 가장 주목하지 않을 수 없는 작품이 된 것도 이런 개인적 그리고 시대적 패러독스 때문이다. 말하자면 개인적 '사정'과 시대적 '상황' 덕분에 《고백》은 "시시껄렁한 저널리즘"이 아니라 '문학' 작품이 되었지만, 동시에 그 때문에 논란의 여지가 많은 문제작으로 낙인찍히게 되었던 것이다. 그 후 《고백》이 판을 수없이 거듭하면서 자체의 생명을 갖게 된 것은 본의 아니게 심신의 자동적 충동에 사로잡히는 고백자의 인생을 더욱 강화해줄 뿐이었다. 게다가 도덕적으로 애매모호한 아편 중독 고백은 잘못 해석되거나 잘못 전달되기 쉬웠다. 이 작품이 약물 남용에 대한 인식을 높였고, 그리하여 찰스 램이 1813년에 발표한 〈술꾼의 고백〉의 도덕적 맥을 이었다고 칭찬받은 만큼, 그런 약물 남용을 널리 선전하고 보급했다는 비난도 받았다. 드 퀸시의 《고백》을 프랑스어로 번역하고 《고백》과 《탄식》에 상세하고 광범위한 주석을 단 샤를 보들레르 같은 심미가들은 드 퀸시의 마약 중독을 지나칠 만큼 강렬하게 산 인생의 강렬한 아름다움의 일부로 생각했다. 하지만 드 퀸시의 책이 퇴폐의 본보기를 세웠을지 모른다고 우려하는 목소리가 적지 않았고, 20세기에 와서도 이런 우려가 《고백》의 평판을 규정해왔다.

그러나 최근에 와서 드 퀸시에 대한 평가가 극적으로 높아졌는데, 1980년대 이래 10권 이상의 드 퀸시 연구서가 나온 사실이 이를 반증한다. 이 연구서들은 저자와 저작에 대한 의혹의

해석학에 뿌리를 두고, 이데올로기가 문학을 어떻게 변형시키고 또한 문학에 의해 어떻게 변형되었는가를 보기 위해 문학을 그것이 창작되었을 당시의 사회역사적 배경 속에 재배치한다. 그들은 낭만주의 문화와 포스트낭만주의 문화의 양면가치를 이해하는 강력한 도구로서 드 퀸시의 한계성을 탐구하고 있다.

조엘 파플랙 교수(캐나다 웨스턴온타리오 대학)는 자신이 편집한 《고백》의 '머리말'에서 이렇게 말하고 있다.

"드 퀸시는 문인과 저널리스트의 잡종이다. 드 퀸시의 글은 낭만주의 문화의 미학적 추상화일 뿐만 아니라 그 문화에 대한 연속적인 주석이다. 낭만주의의 유기적 전체 내부에서 그는 가장 양면가치적인 인물 가운데 하나다. 그는 낭만주의의 특유한 표현을 영구히 전하는 동시에 파괴하고, 19세기 문화의 더 큰 정신적 외상의 증후로서 아편 중독을 고백하고 있다. 지금 우리가 드 퀸시를 주목하지 않을 수 없는 것은 그 때문이다."

1859년 겨울, 도버 해협 건너편에서 드 퀸시의 사망 기사를 읽고 보들레르는 "세계의 끝에서 끝까지 모든 문학 논쟁에서 도덕의 거만한 광기가 순문학의 지위를 빼앗아간다"고 한탄하고, 계속해서 이렇게 썼다. "공평한 독자들이 그 점을 판가름해 달라. 아편쟁이가 인류에게 실제적인 봉사를 하나도 하지 않았다고 해서 그게 도대체 어쨌단 말인가. 그의 책이 '아름답다'면, 그것만으로도 그에게 감사해야 하지 않을까. 똑같은 문제를 가지고 있었던 뷔퐁(프랑스의 박물학자·철학자. 《박물지》 편찬에 평생을 바쳤지만, 과학에의 정열을 예술에의 정열과 결부시켜 자연과학을 문학에 끌어들인 특이한 존재다. 학술원 취임 연설에서 "문체는 곧 사람이다"라는 명언을 남겼다)은 훌륭한 문체, 새로운 표현법이 진실로 정신적인 인간에게는 과학의 발견보다 더 큰 효용을 갖는다고 생각하지 않았을까? 즉 '아름다움'이 '진리'보다 더 고귀하다고 생각하지 않았을까?"

**토머스 드 퀸시
연보**

8월 15일 영국 맨체스터에서 직물상인 토머스 퀸시와 엘리자베스 펜슨의 둘째아들(8남매 중 넷째)로 태어남.	1785
누이동생 제인 사망(3세).	1790
누나 엘리자베스 사망(9세).	1792
아버지 사망.	1793
바스로 이사하여 그곳 그래머스쿨에 입학. 어머니가 '드 퀸시'로 성을 바꿈.	1796
형 윌리엄 사망. 윌리엄 워즈워스의 시를 처음 읽음. 월트셔 주 윙크필드에 있는 스펜서 아카데미에 입학.	1799
맨체스터 그래머스쿨에 입학.	1800

맨체스터 그래머스쿨에서 빠져나와 웨일스와 런던을 방랑.	1802
3월, 어머니 및 후견인들과 화해. 5월, 워즈워스와 편지 왕래를 시작(그 후 4년 동안 계속됨). 12월, 옥스퍼드의 우스터 칼리지에 입학.	1803
처음으로 아편 복용. 찰스 램과 만남.	1804
8월, 새뮤얼 테일러 콜리지를 처음 만남. 11월, 그래스미어로 워즈워스를 찾아가 처음 만남.	1807
5월, 시험 기간에 갑자기 옥스퍼드를 떠남. 11월, 워즈워스 가족이 사는 그래스미어의 앨런뱅크로 이사.	1808
2월, 워즈워스의 팸플릿 〈신트라 협정〉의 출간을 감독하기 위해 런던으로 감. 10월, 그래스미어로 돌아와 '도브 코티지'를 떠남.	1809
3월, 법률을 공부하기 위해 런던의 미들템플 법학원에 입학.	1812
아편 중독자가 됨.	1813
11월, 마거릿 심프슨과의 사이에 아들 윌리엄이 태어남.	1816
2월, 마거릿 심프슨과 결혼.	1817
6월, 딸 마거릿이 태어남. 《웨스트몰랜드 가제트》의 편집주간이 됨.	1818
《웨스트몰랜드 가제트》의 편집주간을 그만둠.	1819

1월, 《블랙우즈 에든버러 매거진》에 처음으로 기사를 발표. 실러의 《운명의 장난》(1780)을 번역. 《런던 매거진》 9~10월호에 〈어느 영국인 아편쟁이의 고백〉을 익명으로 연재.	1821	
1824년까지 '아편쟁이'와 'XYZ'라는 필명으로 《런던 매거진》에 자주 기고.	1821	
10월, '테일러 앤 헤시' 출판사에서 《어느 영국인 아편쟁이의 고백》을 단행본으로 출간. 12월, 《런던 매거진》에 '부록' 발표.	1822	《어느 영국인 아편쟁이의 고백》
《런던 매거진》에 〈교육받지 못한 젊은이에게 보내는 편지〉와 〈《맥베스》에서 성문을 두드리는 장면에 관하여〉를 발표.	1823	
에발트 헤릴의 독일어 소설 《발라트모어》를 번역. 《블랙우즈 에든버러 매거진》과의 오랜 제휴 관계가 시작됨.	1824	
1828년까지 《에든버러 새터데이 포스트》에 정치적 논설을 자주 기고.	1827	
가족과 함께 에든버러로 이사함.	1830	
〈클로스터하임, 또는 가면극〉을 《블랙우즈 매거진》에 발표. 아들 줄리어스 사망(3세). 경제적 어려움이 심해짐.	1832	
채무 불이행으로 두 번 기소됨. 막내딸 에밀리 태어남.	1833	
워즈워스와 콜리지를 비롯한 문학적 지인들에 대한 회고담과 자신의 신변잡기를 《테이트 에든버러 매거진》에 발표하기 시작. 맏	1834	

아들 윌리엄 사망(18세). 채무 불이행으로 세 번 기소됨.		
아내 마거릿 사망. 《브리태니커 백과사전》의 청탁으로 괴테와 포프, 실러, 셰익스피어에 대한 원고를 작성. 채무 불이행으로 두 번 기소됨.	1837	
드 퀸시 혼자 글래스고로 이사함.	1841	
둘째아들 호레이스 드 퀸시 중위가 중국에서 사망(22세).	1842	
가족과 함께 살기 위해 메이비스부시로 이사.	1843	
	1844	《정치경제학의 논리》
〈콜리지와 아편 복용〉과 〈심연으로부터의 탄식〉을 《블랙우즈 매거진》에 발표. 〈워즈워스의 시에 관하여〉를 《테이트 매거진》에 발표.	1845	
〈영국의 우편마차〉를 《블랙우즈 매거진》에 발표.	1849	
보스턴의 출판사 '티크노어 앤 필즈'에서 《드 퀸시 저작집》(전20권, 1856년 완간)을 출간하기 시작.	1851	《드퀸시 저작집》
에든버러의 '제임스 호그' 출판사에서 《발표된 저술과 미발표된 저술에서 고른 진지하고 쾌활한 선집》(전14권, 1860년 완간)을 출간하기 시작.	1853	《선집》

《선집》의 편집과 출판을 감독하기 위해 에 | 1854
든버러로 이사함.

《어느 영국인 아편쟁이의 고백》의 개정증보 | 1856
판이 《선집》의 제5권으로 출간됨.

12월 8일, 에든버러에서 타계(74세). 성 커 | 1859
스버트 교회 묘지에 아내 마거릿과 나란히
묻힘.

옮긴이 김석희

서울대학교 인문대 불문학과를 졸업하고 대학원 국문학과를 중퇴했으며, 1988년 한국일보 신춘문예에 소설이 당선되어 작가로 데뷔했다. 영어·프랑스어·일본어를 넘나들면서 존 파울즈의 《프랑스 중위의 여자》, 존 러스킨의 《나중에 온 이 사람에게도》, 로라 잉걸스 와일더의 《초원의 집》 시리즈(9권), 쥘 베른 걸작선집(15권), 시오노 나나미의 《로마인 이야기》 시리즈(15권) 등 200여 권을 번역했다. 역자후기 모음집 《번역가의 서재》 등을 펴냈으며, 제1회 한국번역상 대상을 수상했다.

세계문학의 숲 003

어느 영국인 아편쟁이의 고백

2010년 8월 10일 초판 1쇄 인쇄
2010년 8월 17일 초판 1쇄 발행

지은이 | 토머스 드 퀸시
옮긴이 | 김석희
발행인 | 전재국

발행처 | (주)시공사
출판등록 | 1989년 5월 10일(제3-248호)

주소 | 서울 서초구 서초동 1628-1(우편번호 137-879)
전화 | 편집 (02)2046-2867 · 영업 (02)2046-2800
팩스 | 편집 (02)585-1755 · 영업 (02)588-0835
홈페이지 | www.sigongsa.com
세계문학의 숲 홈페이지 | www.sigongclassic.com

ISBN 978-89-527-5965-8(04840)
      978-89-527-5961-0(set)

본서의 내용을 무단 복제하는 것은 저작권법에 의해 금지되어 있습니다.
파본이나 잘못된 책은 구입하신 서점에서 교환하여 드립니다.